INK

INK INK INK INK INK INK INK
NK INK INK INK INK INK INK
INK INK INK INK INK INK INK
NK INK INK INK INK INK INK
INK INK INK INK INK INK INK
NK INK INK INK INK INK INK
INK INK INK INK INK INK INK
NK INK INK INK INK INK INK
INK INK INK INK INK INK INK
NK INK INK INK INK INK INK
INK INK INK INK INK INK INK
NK INK INK INK INK INK INK
INK INK INK INK INK INK INK
NK INK INK INK INK INK INK
INK INK INK INK INK INK INK
NK INK INK INK INK INK INK
INK INK INK INK INK INK INK
NK INK INK INK INK INK INK
INK INK INK INK INK INK INK
NK INK INK INK INK INK INK
INK INK INK INK INK INK INK
NK INK INK INK INK INK INK
INK INK INK INK INK INK INK
NK INK INK INK INK INK INK
INK INK INK INK INK INK INK
NK INK INK INK INK INK INK
INK INK INK INK INK INK IN

INK文學叢書013

魚和牠的自行車

陳丹燕◎著

目次

第一章

那是八〇年代初夏的一個黃昏。我十七歲，考上了醫學院附屬的護士學校。在工廠的職業學校和醫院的護士學校中間，我毫不猶豫地選擇了護士學校，那是因爲，我以爲護士與人打交道，與死亡打交道，更加容易遇見奇蹟。我的爸爸媽媽也毫不猶豫地支持我，因爲他們認爲家裡有人在醫院工作，會有很多方便的地方。

在生命的每一處哪怕最最微小的轉折處，我都在心裡熱烈地盼望著奇蹟的出現。只是生活總是寧靜無聲地流轉著，在每一處最細密的轉折以後，總是什麼也沒有。我進護士學校不久，就發現了這一點。所不同的，只是班上都是女生，上課時放起屁來肆無忌憚，發出很響的聲音來。

我像從前一樣默不作聲地接受了這種失望。

在吃完晚飯以後，我就到校園裡去散步。暮色灰黃而涼爽，本來就寧靜的黃昏，靜止了一般。那天我在教師辦公樓和教室之間的林蔭道上慢慢地走，門房後掛著大鐘，鐘繩被晚風吹動，使鐘發出輕響。在那時，我又感覺到日子的寧靜與漫長，它像一條不能快也不會慢的水流，無聲無息地向前淌去。對這樣的日子，我已經過得太久太久。

這時，我看到教師辦公樓底層解剖實驗室的紅門彷彿微微張開。平時那裡是鎖著的，而且同學們都不願意到那裡去，樓外有棵特別高大的樹，向紅門投入重重陰影。

將近半年以來的解剖課上，我已經許多次看到過從那裡拿出來的被肢解的人體，它們使我越來越感到親切。

脊背上一陣一陣微微緊著，我走過去。我知道我背上的雞皮疙瘩都起來了，我喜歡起雞皮疙瘩的感覺。

解剖實驗室是底樓最大的一間教室，這時教室裡已經十分昏暗，輕輕將門推大，一股福馬林氣味起伏而來，十分刺鼻，屋角的幾隻老式的大浴缸蓋著木蓋，那裡浸泡著我們上課用的標本。被福馬林浸過的屍體，全變成了棕紅色的，乾癟而潮濕。

有個微駝的男人站在陳列局部人體的玻璃櫃前面。他頭頂微微禿了，所以臉顯得長，古怪，而且十分蒼白。他怔怔地站在那裡，怔怔地看著玻璃櫃裡的一個鼻咽標本。走近他，看清那是英文老師。在充滿了福馬林的暮色裡，他像一件粗心人曬在竹竿上，夜裡忘了收回家的衣服。

鼻咽標本其實是一個人的半邊頭顱。它向我們展示鼻咽的構造和鼻、耳、咽以及胸部那塊無法形容指點的中心區域的關係。

我是在不久前一個陽光燦爛的中午看到它的。那時我路過黑板報，打算去教室上課，被解剖老師叫住，讓我去幫她搬個標本到教室，她喜歡我，因爲我一點也不怕標本，不像班上的林小育那樣逃走，也不像芬那樣驚叫。

標本放在一個有鏽跡的鐵盤裡，上面蓋了塊浸滿福馬林的紗布。我走到半路上，突然吹來一陣風，風把紗布掀開，我正好看到被整齊切開的半個頭顱，在上嘴唇上，甚至留著幾毫米長的花白鬍子。由於鬍子的緣故，它的上嘴唇彷彿微微噘起，就像所有的老頭一樣。那些鬍子好像應該修剪了，它們在那半張棕紅色、毫無彈性的臉上反射著太陽的金光。

回想起來，彷彿在夢裡。我心裡驚雷滾滾，但卻一聲不吭軟綿綿地繼續走著，沒驚呼，也沒把托盤扔掉。所以，我很熟悉英文老師背上的神態，他的背部像我那時一樣的震驚而又茫然，如同一個夢遊者。我們都被這半張臉上的鬍子嚇住了，或者說魘住了。

英文老師感覺到了我，他的臉轉向我時，還留著做夢一樣的神情。

在這時看著英文老師，我突然感到他陌生起來。回想起來，本來我並沒注意到他，只是聽說他是大學中文系出身，那時畢業分配到外地去了，後來好容易調回上海來。他愛人到醫學院的研究所裡當遺傳學的研究員，他只能到我們學校，還是研究所出面來說情，照顧的。我們沒有語文課，他便教我們英文，他在黑板上寫著不好看的拉丁文和英文的藥名。用手在玻璃黑板上窘迫地點著它們，艱難地讀給我們聽，他出汗的手會在黑板上留下一團團手掌的汗氣，他的樣子使人感到他是個倒楣蛋。他眼眶的四周，有中年男子奇怪的浮腫，總像昨晚沒枕在枕頭上睡覺那樣。而在福馬林的暮色裡，他的臉卻變成了一張有著成熟故事又有青春餘溫的臉。我想，他年輕時一定是個英俊的人。

他很窘地朝我笑，說：「奇怪。」他一點也沒有成年人的架子，很誠懇。

我禁不住說：「沒有關係，是這樣的。」

他說：「我一直覺得奇怪，實際上也是很奇怪，看到沒關門，就進來了，裡面很——」他頓住。

我朝他笑了一下。是啊，那種心裡的感受是說不出來的。

他還在琢磨怎樣把無法表達的表達出來，他說：「每次我經過這裡，就想進來看看，這裡太安靜了，安靜得太不安靜。」

我想說：「我也是這麼想的。」但想到他是老師，我是學生，這樣說不好，就沒說。

我們又看那個標本。它浮沉在福馬林裡，它的嘴唇像熟睡一樣地張開，當死命盯住它看的時候，彷彿還有微微的呼吸。

我一直努力保持著臉上的笑容，慢慢地，笑容退去，嘴唇黏在乾燥的牙上。我拿不準現在該怎麼辦。四周是這樣的安靜而且充滿了含意，如果不說點什麼，好像會顯得很蠢，想到這些，我就緊張起來，我說：「這也是一個人噢。」這是句好蠢的話，剛說了幾個字，我就後悔了。但英文老師那邊，卻傳來了贊同的聲音，他說：「是啊，不知道有多少故事，才使一個人變成這些東西。」

而這，就是至今我認識到的很少的生活中的眞理之一。成熟的男人會把你模糊不清但感覺強烈的想法變成一句話，這也是當時英文老師猛然吸引我的地方之一。

英文老師猛然就吸引了我，我像發現了新大陸。我望了他一眼，望到了他臉上蒼蒼茫茫的樣子，像是有許多故事似的，又像有許多傷心事似的，我心裡咕咚響了一聲，然後，渾身的雞皮疙瘩又起來了。我說：「每次我見到這些標本，就希望馬上發生什麼事情。」

英文老師說：「我也是這樣的感覺。生活太平淡了。」

這時我們四周的地上，突然跳動出無數細細的樹葉的黑影子，大概是大樹外面的路燈亮了。門房老頭噹噹敲著鐘，不知爲什麼，我們學校到很晚還留著這樣聲音緩慢而洪亮的老鐘，而不用電鈴。在鐘聲迴盪的幾分鐘裡，使我暗暗驚奇，一時不知身在何處。夜自修開始了。

隔著林蔭道的教室裡，傳來女孩子的喧譁，遠遠聽上去，是那樣明媚流利。這聲音和光亮反襯出了解剖實驗室的祕而不宣的黑暗。我突然感到它曖昧的暗示。在黑暗裡我和英文老師很近地站在一塊，我甚至能感到英文老師那邊散出的熱氣。我身體動了一下，英文老師很茫然而又不由自主地將身體側過來，我們之間的那一小塊黑暗驟然燃燒起來一般。我心裡忽然起了反感，還有恐懼以及驚奇，總之，那是被追逐的不愉快帶來的反抗。我堅決向一邊閃去，英文老師猛醒般地一震，立即也閃開了，但像眼睛挨了一巴掌的溫順的狗。

可是，馬上，我就後悔了。我覺得這是自己在宣布自己的自作多情，我沒處世經驗，又不純樸，只想馬上轉移話題，於是我又說：「要自修了喏。」

英文老師說：「噢。」

好像我們約了一塊來觀光一樣，他伴著我一塊向門口走，他極自然地側著身體，靠近我的那隻手稍稍抬起一些，好像要扶住我手肘一樣。也許在老師漫長的成年人生活中，這個姿態並不算什麼，而這卻像一朵火苗一樣照亮了我的心，我突然有了一個成年婦女的，一切都成熟欲墜的感覺。恍惚之中，我就要向他那邊走去，彷彿我將手肘，那十七歲女孩尖而細小的手肘輕輕放到老師的手掌裡。福馬林的氣味使我變得十分沉迷，像吸入太多而中毒了那樣的感覺。

門口吹來初夏的風，它夾雜著春天寒冷和夏天很濃烈的陽光的溫暖，清新得刺鼻。我到底放手肘到他手裡了沒有？我突然不能確認。英文老師反身輕輕關上解剖實驗室的紅門，並在上面摸索了一會兒，然後對不知爲什麼一直等在一旁的我說：「不要對別人說，好嗎？」

我點頭。

那天的夜自修，正好是英文，我進教室坐了一會，英文老師便出現在講臺上。那天下午正好學校組織我們去教學醫院看醫大學生的屍體解剖，他們把人的內臟像豬肉一樣地一片片切開。直到晚上，大家還在喋喋不休地說著各自在那時受到的刺激和驚嚇，見到老師進來，說話聲也沒有輕下來的意思。大家都不害怕英文老師。在護士學校裡，女生對中年男老師，總有種撒嬌似的輕慢，特別是對眞誠的、卻不怎麼出色的男老師，像英文老師。他們懂得愛護和欣賞女孩，但卻又沒有出色男子的傲氣和神氣，使人不敢生非分之想。

越過這些雜亂的聲音和晃動的臉，我看著英文老師，他也看著我，在燈下，我們彷彿突然達成默契。

其實，一切端始就在這裡。如果那時我們中有一個人客氣地笑一笑，或者有一個人做出拒絕的姿態，一切都會像開了瓶的啤酒，不一會氣就跑掉了。而我們卻在日光燈很明亮的教室裡沒有表情地對視，這就是開始。

也許，我明明白白地感覺到，自己心裡有什麼東西慢慢地瀰漫開來，我想起語文課上學過的一個詞：油然而生。這就是油然而生的一種東西。

從那天傍晚後，英文老師就像是在我眼前突然打開的一盞燈。

在我的少女時代，在漫長的臨睡之前的清醒的時刻，我總是合上眼，躺在枕頭上，想一些不著邊際的事情。我曾經想像過多少次將要和我手拉著手向前走的那個男人。不知道爲什麼，我總是把愛情想像成兩個人手拉著手，在有梧桐樹的馬路上走路。

那時和我手拉手的人，是一個佩劍的白髮蒼蒼的將軍，而且是外國人。這樣的奇蹟當然沒有出現。那時我是一個由於不平衡和害羞而非常嚴肅的女孩，甚至沒有機會在校園裡與一個男孩有哪怕是很朦朧的感情。我非常潔白也非常寂寞地從中學畢了業。但在我的心靈深處，我認眞看不起那些驕傲但又惶惑不安的同齡的男孩子，我彷彿生來就期待著有閱歷的男人，以及有軍隊背景的男人。這是我對男人的一種至高的禮讚，男人就應該是勇猛的、威武的而且是歷經滄桑的，所謂俠骨柔腸吧。

在睡前的種種含混不清的幻想故事中，這樣的理想一次次閃爍著，好像幻想一樣含混不清，而且又光輝四射的。但是這一個晚上，突然英文老師的臉出現了，他在那兒，像一盆風乾的花一樣，等著我，讓我起雞皮疙瘩。

幾天以後，我從班主任的辦公室出來，沿著磨石走廊走過去，經過一扇扇辦公室門，最終就能看見英文老師坐在他的小辦公室靠窗的桌旁，他常常雙手合十，撐在下巴上，在大大的老式教師寫字桌上沉思。那是種奇怪的姿勢，看上去坐得很不舒服，彷彿已深深將自己投向什麼地方，而將四周與軀體置之度外。他的手掌長而鬆弛，毛孔很大，看上去是雙厚道可是也敏感的男人的手。他嘴角深深往下巴兩邊滑下去，臉色十分地困倦。

一路在磨石地上滑溜溜地走過，鋥亮的地使我想到嘮叨而煩惱的家庭主婦。有時鋥亮的地令人壓抑，尤其對中年男子和年輕不安寧的女孩，因爲他想到的是陳舊而厲害的太太，她想到的是精明而毫無詩意的母親，這是他們共同想逃避的。我懷著比解剖實驗室裡更進一步的，同盟般親切的心情走過英文老師的門，我猜想他一定有許多默默不言的哀傷。因爲他們默默忍受的態度，男人的哀傷比女人的，更值得也更容易讓人同情。那時候我幾乎斷定英文老師的太太也是個厲害而嘮叨的角色，把英文老師逼得走投無路，只等我的愛情去救他。我就是那麼肯定，而且那麼激動地找到了用武之地。

每天清晨早鍛鍊時，我都得昏昏欲睡地隨著哨聲在操場上跑步。從開始寄宿，我最痛恨的就是早鍛鍊。那天英文老師也下樓來。他穿著與他並不相配的運動衣，反而顯得落伍而且滑稽。他跟在我們隊伍後面跑著。我們的體育老師在隊伍前帥氣而又懶洋洋地吹著哨子，他是護士學校最年輕的男教師，高個子，寬肩膀，眼睛似笑非笑，是全體女生心中的白馬王子。當他從頭排跑到操場當中，讓我們圍著他沿著跑道繞圈時，所有的人全竭力使自己更輕盈，像書裡形容的那樣：像頭小鹿。

而我昂然從童話裡那驕傲的公雞面前跑過，心裡想像著英文老師默默在隊伍末尾注視我的情景。我才不討好什麼人，我要別人來討好我，而且瞭解我的重要性。我在拐彎時回過頭去，的確找到英文老師的目光，那是迷惑而溫柔的眼神。然而我假裝天真地轉回頭去。

跑步以後，就自由活動。許多人圍著體育老師打排球，她們瘋瘋癲癲，欣喜若狂又彼此爭風吃醋，我想她們背上的雞皮疙瘩也一定是豎了一大片，一大片的。而我則去遠遠的跑道盡頭的角落，去木頭鞦韆上盪鞦韆。我想像著一個與眾不同的女孩，穿著紅的運動服，在大叢大叢很綠的夾竹桃樹前盪鞦韆，鐵索咿呀咿呀地響著。連我自己，都陶醉了。

果然，我又收穫到了那個迷惑而溫柔的眼神。操場上亂成一團，所有女班主任和舍監老師都緊緊盯住她們。這時，英文老師走到我面前停了下來，他略有點結巴地說：「妳眞像我愛人年輕時的樣子，她那時也喜歡穿紅衣服，也喜歡盪鞦韆。」當我眼睛忽然一暗的時候，他又說：「現在變了很多。年輕多麼好！」他揚起他那被歲月腐蝕的英俊的臉，他頭髮微微鬈曲著。

我在鞦韆上對他點著頭，我感到清晨清新如冰的風從臉上劃過，拂起伏在肩上的頭髮，頭髮揚得像鳥的翅膀。那時我的心的確充滿了對英文老師的同情和憐惜，我想我能夠像救出怪獸的美人那樣救他，使他重新變成英俊的騎白馬的王子。我希望他不愛他的妻子而來愛我，離開了我，他就還得不幸下去。

我在鞦韆上越盪越高，因爲有老師在看我，我望見了圍牆外面灰色的街道，街面房子前賣大餅油條的小攤子，還有拿了一根筷子在等油條出鍋的女人，我把那個睡眼惺忪的女人想成老師的太太，我把老師想成正在看著買油條的女人和盪鞦韆的我，所以我越盪越高，一直到自己都怕了，整個操場上的人都停下來看我，老師遠遠地叫：「慢點！慢點！」我像鳥在飛。

天天都是一樣，天沒亮鐘聲就響了，舍監老師在走廊裡大聲催促我們起床。盥洗室的長排水池前總擠滿了睡眼惺忪的同學，隔壁的廁所，釘著彈簧的矮拉門再三被推拉，呼呼地急響。不知爲什麼，寄宿女生常喜歡只穿短褲和短內衣出來洗漱。初夏仍舊氣溫很低的清晨裡，到處都能看見同學們裸露的身體，還沒完全醒來，散發著熟睡暖氣的胳膊和大腿，是微紫的玫瑰色。

窗外被極密的水杉林遮掩住了。對面教師宿舍的燈光被阻隔得遙遠迷蒙。但我還是能想像英文老師站在他的窗前，遙遙看著我們這邊的情景。藉著他成年男子對以往一切疲倦的憂鬱眼光，我意識到青春肌體的非凡美好，並朦朦朧朧地希望在它還沒老的時候，將它顯示在一雙能欣賞和需要它的眼睛面前。和許多這個尷尬年齡的女孩一樣，我也很希望被愛自己的人偷看，像湖畔半夜洗澡的仙女和牧童的故事。

甚至我還想過，像英文老師這樣雖然有家但是住校的人，一定對此十分渴望。也許還有另外一種更殘酷的掠奪般的想法，就是想以自己的美麗，來反襯從未見過面的英文老師夫人的失色。在我看來，小女孩和老太太都是無性的，我從不與她們計較。而中年婦女，在女人一生中最最淒惶乏味，最最陳舊破損。對她們，我有極大的鄙視。我從未想到，有一天自己也會成爲中年婦女。

那時我漸漸沉迷，彷彿生活馬上就要打開奇妙的大門，彷彿從小至今我所過的平靜日子，我認爲是被莫名其妙關在生活大門外的日子就要戛然而止。每晚我都希望做書上寫的那些熱戀人們做過的美夢，但我的夢總是一如既往的淡灰紫色，而且和日常生活一樣鬆散、拖拉，沒有意義。甚至還不如它，因為我始終沒夢到過英文老師。

星期五輪到我們班英文測驗。默寫時，英文老師在座位中間的過道上走來走去。他經過我身邊，停了下來，那雙舊皮鞋遲疑片刻，向我移來。我馬上覺得，我面向他那一邊的脖頸和面頰微微跳動起來，好像那一片細小的動脈血管全都亢奮起來，嘩嘩地噴射著熱血。他的呼吸拂起我耳邊的頭髮，我感到自己緊張得就要爆炸，我不知道要發生什麼事，他的確涼衣服發出硬硬的窣窣聲時，我簡直就要向他倒過去，眼裡充滿了莫名其妙的眼淚。我淚眼朦朧地看他，他的浮腫全然不見，下巴青青的充滿男人氣。他輕聲說：「很好。」然後，直起身，走了。

我卻無法再繼續寫下去，所有的英文字母全在我腦子裡瘋狂地跳舞。只聽見耳朵裡縈縈地響著。我玩弄手裡的香橡皮，滿手都是香橡皮散發出來的橘子香味。我最喜歡橘子。我並不熱中於吃，而喜歡剝。將新鮮的橘子皮剝裂，它們會在被撕開的一剎那射出芬芳而辛辣的黃色水霧，如果噴到臉上，就會辣出眼淚。別人答卷時，我就一直在玩那塊香橡皮，把它切成一小塊一小塊，然後，又切成一小縷一小縷的，最後，再把它們切成一小丁一小丁的，滿手都是香。林小育在我旁邊答卷子，抽空望望我說：「妳瘋了。」

對，我瘋了。一直到下課鈴響了，要交卷了，我都寫不出一個單詞來，但我把那張卷子弄得很香。

周六下午最後一節課是英文。

周六是寄宿生最興奮的時候，好像要從籠裡放出的鳥，屏住呼吸在聽籠門抽開的刷刷聲一樣忍受最後一節課。只是我這種好心情常常在走進家所在的那條熟悉的弄堂時，轉化成失望和憤怒。

英文課時不時有人把書包弄得嘩嘩響，那是將吃光了菜的玻璃瓶帶回家。課桌下面靠著大塑料袋，裡面裝著換下來的髒內衣。

英文老師仍舊把手緊貼在綠色玻璃黑板上，在上面留下汗濕的手印。遠遠地看去，他的手骨節凸出，很符合想像中眞正的男人的手。

直到下課，我和英文老師像裹在河流裡的兩片樹葉，與蜂擁回家的人一同走到太陽下面。我看到英文老師也提著一個鼓鼓的舊塑料袋，塑料袋裡也露出一個大口瓶的輪廓。這使我猛然感到惱恨：英文老師也奔向他的家，也從他太太的炒菜鍋裡盛出菜帶到學校裡來吃。一個熱的炒菜鍋，就代表一個完整的家庭。

他不應該這樣，應該像我想像的那樣，他這樣是不對的。

在回家的電車上，我與一個擠著了我的、滿臉疲憊的中年男人惡吵，我沒吵贏，因爲那人罵出了非常噁心的話，他結實的臉上又下流又自私，穿了一件縫了許多口袋的帆布馬甲，看上去像個拍照片的人，那種一看就是生活得不順心的人。我這種年齡的女孩根本不是他的對手。最後，我閉上嘴，聽著他嘮叨，到我下車前，我回了一句嘴：「垃圾。」我說，然後趕快逃下車去。這才算是扯平了，但我的心情變得更爲惡劣。

回家看到廚房綠茵的節能燈下爸爸媽媽的臉，一成不變地就像舊了的賽璐璐娃娃。爸爸媽媽因爲我回家，特地殺了一隻童子雞，他們忙了兩個小時，收拾那隻小雞身上和翅膀上的毛，把牠用護士剪刀剪碎了，放在氣鍋裡蒸。爸爸把雞毛鋪在廚房的窗檯上曬乾，那是爲了賣給收雞毛的人。我看他們在昏暗的燈下忙，眞爲他們感到絕望。我們家的廚房在底樓，我們一棟樓裡四家人合用一個廚房，每家人都很熱心燒飯燒菜吃，所以廚房的牆上，掛著厚厚一層黑黃色的油污，是多少年以來熗油鍋的油氣熏出來的，燈座上也附著油乎乎的灰塵。爸爸媽媽在我的記憶裡，總是在廚房裡忙著燒東西吃。廚房的窗檯上也總是曬著準備賣錢的東西：雞毛、橘子皮、甲魚殼和烏賊魚的白骨頭，有時是我家的，有時是鄰居家的。每次還沒有進家門，在弄堂裡看到我家廚房間窗檯上的東西，我就已經生氣了，剛才在最後一節課要回家了的高興勁，一點也沒了。

媽在門口迎住我，眉開眼笑地說：「妹妹回來了。」媽媽穿著她廠裡的藍工作服，她到廚房幹事情，總是穿著那件衣服，怕油煙氣沾在她的衣服上，頭上戴著紡織工人戴的帽子，也是怕油氣的意思。

我「哼」了一聲，把塑料袋裡的髒衣服和裝小菜的瓶子塞到媽媽伸出來的手裡，急忙忙地穿過後門的廚房間。樓上的王家姆媽也在她家的煤氣灶前面忙著，她和媽媽一樣的打扮，別提有多難看，手上還戴著醫院手術間弄出來的橡皮手套，那是爲了保護自己的手。這是一間要多腐朽，就有多腐朽的廚房間。媽媽在我身後對王家姆媽說：「妹妹人大了，不高興多說話了，連人也不叫。眞正沒有規矩。」

王家姆媽說：「小姑娘都是這樣的，過了這一晌，就好了。」

我心裡生氣地說：「瞎講！」

像我們弄堂裡大多數人家的孩子一樣，我也是睡長沙發的。白天我的鋪蓋捲起來，放到爸爸媽媽的大床上。所以我在晚上能聽到爸爸媽媽說話，他們是一個單位的，很少說同事的壞話，但他們也從來不請同事到家裡來玩，我就聽他們說，要離誰誰遠一點。這就是他們在背後對人的壞話了。有時聽著他們輕輕地說話，然後睡著了。進了護士學校，聽到醫院產房的孩子被粗心護士掉錯包的事，有時我也心裡想，也許我根本不是他們生的，怎麼我的心裡常常會有那麼多惡毒的念頭呢？我一點也不像他們。他們那麼本分，而我簡直就不像上海人。

有時我想，對衣食住行地活著的厭惡，也許是因爲我的家庭？

我的家住在一條沒有特點的弄堂裡面，弄口向著一家菸紙店，菸紙店裡的兩個喇叭的錄音機裡整天放鄧麗君的磁帶，第一隻歌是《甜蜜蜜》，弄堂裡有一些沒有死也並不活的樹，長著細小營養不良的樹葉，還有一口舊井，怕小孩落井出事，被人用水泥封住了。爸爸和媽媽，是弄堂裡最普通的人，在工廠的辦公室裡做著小小心心的職員，穿著不便宜也不貴的四季衣服。大家上班的時候，他們去上班，大家下班的時候，他們也陸續回到家裡，大家睡覺的時候，他們也躺在大床上。他們說一會兒瑣細的事情，然後睡覺。爸爸有長相很本分的嘴唇，媽媽有看人很善良的眼睛。我是他們的獨生女兒。

然而我爲他們感到喘不上氣來。

有一天我忍不住問他們：「這樣活著，不就是一天一天等死嗎？」

爸爸和媽媽說：「話不能這麼說。」那天太陽很好，他們在曬毯子，那條澳洲毛毯子我從小就認識，聽說還是爸爸媽媽從爺爺奶奶那裡拿來的，外國牌子。由於它的結實和爸爸媽媽的小心保養，它竟絲毫沒有壞的意思。我想它甚至可以蓋到爸爸去世，然後媽媽去世，然後我也老死。但我一定要惡狠狠地對待那床毯子，讓它在我死前用壞掉。

我在心裡成百上千次地想，我要過完全不同的生活。有時我嚮往去做海盜，有時我又嚮往去做壓寨夫人。

我是一個由父母養育、每星期回家吃父母只會在我回家時才買的好菜，但深深憎恨他們的、惡毒的人，一個叛徒。但我眞地想過，要是我出生在一個大資本家的家庭，或者大官的家，甚至一個大流氓的家，都會有不同的生活吧。

星期天早早吃晚飯，媽就開始催我天黑前返校，免得在路上有意外。可我倒眞希望在返校路上能碰上流氓或者搶劫什麼的，然而沒有，遺憾。

回到學校，天上仍有很明亮的暮色，透過大鐘後的樹木，能看見跑道上星期六晝的白粉線泛出的微光。返校的大隊人馬還沒來，整個學校都安安靜靜的。

這安靜突然讓我難過起來。

我去坐在鞦韆上面，慢慢盪著，聽黃昏中生鏽的鐵索鏈在我頭頂上格格地響。

只隔了一夜，星期六還沒有花朵的夾竹桃突然開出了成百上千朵粉紅的小花朵。鞦韆後面，變成了充滿奇異氣味的花牆。我從小就聽說夾竹桃有毒，聞了它的花香，人會渾身變綠，然後死掉。但它又十分地美麗。風微涼地拂過我裸露在裙外的膝蓋，彷彿一根溫柔的手指在摸我。

明亮的暮色裡，我看見一棟老式小樓，就在跑道遙遙盡頭的圍牆外面。本來米黃色的牆現在已分不出顏色來。那裡有個紅瓦的尖頂，尖頂上有扇窗，窗裡亮著燈，窗的上方還有一根長方的煙囪，想必是接壁爐用的。那窗裡住著一對愛吵架的夫妻，我常見他們在窗口破口大罵，只是今天很安適似地，風吹著那窗裡的薄窗帘。

煙囪上有兩隻鴿子，灰色的。最初我不明白牠們在幹什麼，牠們緊緊挨著，後來突然一下子明白過來，牠們在親嘴。

鴿子在暮色裡相親相愛。

這時我突然就明白了，也決定了。

隔著操場，宿舍的燈一盞盞黃黃地亮起來，燈下漸漸傳來同學們的歡聲笑語。寄宿的女生有時很奇怪，分離令她們喜歡，相聚又令她們喜歡。不知道哪一扇窗是英文老師的，我敢肯定他沒有回來，我伏在操場的暗處，雙目炯炯地看每個進宿舍樓的人，像隻野貓。只有家庭幸福的人才會在星期天晚上戀家，不肯早返校，對這點我沒有體會。然而他不應該這樣，這樣我怎麼辦呢？我已無法忍耐。

夜晚的樹木滲出極其清新的涼氣，凸出在外的膝蓋變得冰涼，但我的面頰卻在熊熊燃燒。

終於，英文老師高而微駝的身影出現了。他走得很慢，很猶豫，很疲勞。經過我的宿舍門口好像就要停下來，他抬頭望了望那些敞開的窗戶。他拿著一捲單人床的席子，看到只能容一個人睡的涼席，我突然很興奮和安慰，這就對了。

他一步一步走向教師宿舍的臺階。我從鞦韆架上一躍而下，在鐵索嗒嗒聲裡向就要走進紅門的英文老師奔去。英文老師在臺階上停住腳，吃驚地向後面看。當看清是我，他轉過身，在樹的黑影裡迎住我。

我看見他的眼睛那樣地驚喜，那樣地溫柔，我緊張得從腸子裡打出一串一串很涼很深的哆嗦。我說：「我愛你。」我緊握住雙拳，聽到自己的聲音縈縈地響，就像從遙遠地方傳來的音樂，我聽著，但不知其意。只見他的眼睛突然睜大，臉像被一盞燈照亮了一般，但我一時卻不明白他爲什麼變成這樣。

「我是說，我愛你。」我嘟囔了一句。英文老師仍舊愣怔著，一手緊捉住他的單人涼席。我覺得應該向他證明，於是便抬手去拉他的手，我的手掌彷彿鏽住了一般，一動，每個關節都吱吱嘎嘎地響。好在很快就摸索到了他的手。他的手與我一樣冰涼而且潮濕。

他推開我的手。

我以爲他不明白，便將手重新塞到他的手裡，他卻又一次將我的手甩開，並啞起嗓子說：「不要這樣。」

「什麼？」我問。

「我已經結過婚了，我很愛我妻子。」他說。

「什麼？」我看不懂他臉上疼痛的表情，又問。

他不再說話，只是將我的手小心而堅決地拿開，然後提起他的單人席來，走回到宿舍門口，越過樓梯燈射下的黃色光暈，他消失在很黑的走廊裡，走廊裡有扇門開了，他在門內射出的燈光裡朝我茫然望了一眼，走了進去。

那明亮、但又黯淡的日光燈像刀一樣切碎了走廊裡的黑暗。一、二、三、四，第五個門。然後，那扇門關上了，走廊裡的黑暗又合攏來。

很奇怪的是，從操場走回到宿舍時，走上輕風蕩漾的走廊，我竟有了煥然一新的感覺。甚至還跟芬她們吃了很長時間的石榴，石榴是芬帶來的，很好吃，很酸。我心裡沒有書裡寫的那種被拒絕的悲痛。一點也沒有。

早自修時，英文老師浮腫著臉來教室裡找我，他說：「跟我到辦公室來一趟。」

審判我腐蝕已婚男人嗎？我頭昏昏跟著他走過林蔭道，走過解剖實驗室，陽光一路在我眼皮和鼻梁上輕盈地跳著舞。他把太太搬來搧我耳光嗎？護理課老師在開道德法庭嗎？護理課老師也教我們政治課，但上課時她不怎麼教政治，更多的是點著我們每個人說「妳們小姑娘」要怎麼守道德。我對她乾癟的黃瓜臉眞是又恨又怕。直到走進他的辦公室，我才發現辦公室裡一個人也沒有。那一剎那，我竟有些沒有了用武之地的失重感。

他幾乎是耳語一般地問：「爲什麼不把卷子寫完？」

我沒說話。

他拿出我的考卷說：「在這裡寫完吧，我要登記分數了。」

我看看他，他看著地。我拉過把椅子打算坐下來，他卻又說：「妳坐那兒吧。」他指指屋角他的桌子。

我過去坐好，桌玻璃剛擦乾淨，還留著濕抹布的水漬。在他把我沒寫完的考卷遞給我之前，我還看到玻璃下壓著張萬寶路廣告，那是個十分年輕、十分英俊、十分自豪的男人，我心裡掠過一絲疑問，沒想到英文老師喜歡這個。然後我想到，那個男人長得有一點像老師。他們是同一種類型的。

拿到卷子，我還是什麼也寫不出來。沒有什麼比這個更令我羞愧的了。其實有人說女孩戀愛會影響學業，這種說法未免太不出行。戀愛中的女孩，最不肯示弱。如果在所愛的人面前藏乖出醜，那才算得上是眞正地痛徹肝腸。而對著空白的卷子，就像露出自己不潔的身體。

英文老師在我身後的椅上坐下，趁低頭寫字的工夫，我斜過眼睛去看他，他正望著我的背脊，眼睛溫柔地一開一合，就像一雙手。昨晚的事立刻像火中加了氧，呼地一下燃燒起來。我努力想寫出筆下的「pm」該塡上午還是下午，但腦裡早亂成一團，忽然又看到桌上有本早巳翻開的書，是我們的英文書，那一頁正好是所有英漢對照的生詞表。上面就有卷子上考的所有生詞。我意識到英文老師的苦心，可我堅決轉開眼睛。

彷彿曾經想忍住，但劇烈的抽泣滔滔而來，當聽到我嘴裡突然發出了響亮的嗚咽，我自己也嚇了一跳。

英文老師驚慌的臉在迷蒙中一晃，接下來有雙手在我胳膊上遲疑了一下，最終推了推我，說：「不要這樣，不要這樣。」

眼淚滾滾，噗噗有聲地打在我的碎花襯衣上，襯衣很快就濕了，很涼地貼在我的皮膚上。

英文老師突然伏倒在我肩上，然後臉上出現了一種堅毅的表情，就像不會水的人第一次向深水區跳下去的那種。他將頭從我肩上滑下，貼在淚濕的地方，急急地說：「太純潔了，這種眼淚，我擔當不起。我不配。」

他頭髮上有股隔宿的枕巾氣味，我還看見他的頭髮裡有很重的頭屑，像水面上浮沉的髒紙一樣。我趕緊閉上眼睛，但我的身體卻緊緊貼在他的臉上。

突然有鐘聲緩緩飄上來，他驚得一跳抬起頭來，臉上紅一塊白一塊的。

早自修下課了。

周而復始的星期一又開始了。

第二節課發英文測驗卷子時，竟然我得了一百分，那一小部分我沒寫出來的單詞，都用與我的鉛筆一樣粗細的另一枝鉛筆填好，只有我才能分辨出來另一個人筆跡中小心模仿造成的輕微顫抖。整個一節護理課，小個子的護理老師在梯形教室裡向我們示範如何給危重病人在床上臥位洗澡，我反覆看著那張合作完成的考卷，心裡好像有隻小蟲癢刺刺地爬，那是種不開心的奇怪感覺。

我在操場上背解剖課上的人體二〇六塊骨頭，我對這解剖圖有很大的興趣。跑道一圈一圈沒有盡頭，白粉在一塊地上畫出曲線，因此就給了人無限遙遠的感覺。踩著白粉一圈一圈地走，我又開始感到像做夢似地恍惚。初夏的傍晚，暮色像下霧一樣地下著。

這時有扇黑著的窗眨了眨眼，呼地大放光明。一、二、三、四，是第五扇窗。我站下，望著那扇窗，只聽得心好像被吵醒的孩子一樣，爆發出一陣大吵大鬧。我不能按捺那急不可待要證明什麼的激動心情，就向宿舍的紅門走去。

走廊裡很黑，一樓是護士學校極少數男老師和教工的宿舍，所以，在黑暗中往前走的時候，我聞到了不能表達的奇特氣味。我想，也可能這種略有渾濁的氣味，就是解剖課上所說到的雄性激素分泌的氣味。說實話，它令人激動，但並不令人愉快。

我敲開門，門裡站著他，在慘白的日光燈下，他莫名其妙地比我印象裡矮胖了。我第一眼竟看到他稀軟的頭髮，頭皮微微黃著。他無聲地動了動嘴唇，側過身子將我讓進去。踩進那扇門的片刻，我突然後了悔。爲了趕走這種情感，我將手伸向他，他遲疑了一下，握了握我的手，又趕緊鬆開，好像我燙到了他的手一樣。

我在他床上坐下，他退到一張椅子上。彷彿是我打上門來，應該由我先說些什麼，但我卻張口結舌。那一刻我暗想最好這是在夢裡，做夢中的生活最愉快，因爲經常可以不計後果，做到了惡夢，醒來就好了。

他終於找到了一句話說：「沒有上夜自修嗎？」

「沒，今天別的小組到解剖實驗室去複習，我們輪空。」

「一定能考好吧？妳是個聰明女孩。」他突然深深地看了我一眼，輕柔地說。他臉上突然又出現了在鞦韆架下仰望我時衷心讚美的神情，這樣，他又恢復了甜蜜和憂傷。

「你幸福嗎？」我問他。我知道這很壞很蠢。由我這樣的身分來問，是壞；在這樣漸漸美麗起來的時刻，問一個聲稱過「很愛妻子」的男人，是蠢；但對我來說，比得到英文老師的愛情更重要的，是知道他的生活是否幸福。

他在椅上擰動了一下，然後說：「我不知道什麼是幸福。」他又停下來想，想了又想，然後說：「應該說我曾經幸福過的，按照那時候對幸福的想像。」

我說：「現在呢？」

「現在感到疲倦了，老是重複了又重複，人就疲倦了，幸福也慢慢地變了。」他說。他的臉慢慢地悲傷起來，「不過，這誰也不能怪，只怪生活原來不是那麼有意思的，和年輕時代的想像太不一樣了。」他的眼睛溫和地望著我，「妳還年輕，不要知道這些不高興的事，也許妳可以過不同的生活，不像我。」

「所以，我愛你。」我說。

他左邊臉上的肌肉抽搐了一下，眼睛用力看住我，好像要衝破心裡最後一把鎖。我耳邊掠過一陣轟鳴，呼吸緊上來。可他又飛快轉過眼睛去看窗戶，窗帘半遮半開，藍色的布，和解剖實驗室用的一樣。有根日光燈管通體發光。他又堅決縮回到木椅中，用他的後背緊緊抵住椅子背，遠遠望著我說：「妳聽過青鳥的故事嗎？」

我搖搖頭。心裡對自己剛才的亢奮心情很羞愧，也對他的退縮很失望。

他說：「我大學一年級讀到這個童話，早先我在中文系，眞能算得上是高材生，總考5分的。我讀完了古今中外大部分名著，仍然最喜歡它。這個故事說，幾個孩子聽說有種小鳥是青色的，非常美麗，找到了牠，就找到了幸福。於是他們就離開家，去找那隻青鳥。他們在找青鳥的路上，經歷了許多次艱險，最終還是找到了牠，牠原來是一隻看上去很小，而且很普通的小鳥。妳知道，牠很可能就是一個對人生的寓言：幸福本身就是隻不出色的小鳥。是我們把牠想得太漂亮了。」

「這個童話裡，充滿了溫柔的悲涼，或者說悲哀的溫柔。」說著他抬起眼睛溫情地注視我，「等妳長大了，就知道這種悲哀了。」

我一直看著他的眼睛，他的眼睛大約在年輕時是十分精神而且銳利的，那長圓而且有力的眼眶至今充滿了浪漫故事的遺蹟，但那些浮腫和皺紋已將它們遠遠地推到過去之中。

現在它們累了，柔和了，或者說黯淡了。

我問：「你信這個故事嗎？」

他說：「我也不願信。可我喜歡這個故事，妳知道，歲月會把一切年輕時喜歡的東西和喜歡的人統統帶走。我這一輩子，只有這一件絲毫沒變化。」

「所以我愛你。」我說。

他這次沒再躲避我，他熱切而苦楚地看住我，講故事時那種默默的神態像一張薄紙，被沒有捣住的烈焰漸漸燒掉，他一聳站了起來，彷彿有片刻的手足失措，緊接著又痛苦地看我一眼，輕聲說：「爲什麼找到我！爲什麼要找到我！」他嘟囔著撲過去關掉燈，當黑暗突然蓋過來的同時，他也緊緊地將我捉住，咚地將頭撞在我肩上。他好像把整個身體全倚靠在我身上，我只得收起想像中該昏過去的嬌弱，拚命扶住他。彷彿已過了好久，他抬起頭，用嘴唇輕輕摩挲我頭髮，我能感到他嘴唇上的熱。我睜開眼睛，在黑暗中，他的眼睛閃閃發光，他感覺到我的眼光，他俯下臉來，用很燙的嘴唇把我眼睛重新合上，然後在我臉上輕輕地親吻，他甚至屏住了呼吸，好像在聞一朵花似地吸著氣。

我只是把手緊抓住他的襯衣前襟，他襯衣軟軟的布，提醒我這並不是在黎明前沒有邏輯的夢，而是眞實的，他的嘴唇有許多次劃過我的嘴唇，但卻一次也沒有停留。當我迎上去，他把頭一側，緊貼住我的臉，斷續地說：

「我已經沒有像妳一樣純潔的嘴唇給妳了，我不能要妳這份。妳是我的小仙女，妳住在天上。」

說著，他伏下臉去，緊抱住我的膝蓋，我一開始並不知道他要幹什麼，等發現他將嘴唇和臉貼到我穿了細帶涼鞋的腳背上，我的腳觸電一樣向後縮，我跪下去，把嘴唇按在他嘴唇上。在此之前，曾在電視和電影上看過無數次被描繪得心醉神迷的親吻，但從未有過這樣的機會。

我並不知道怎樣去吻，但那一刻，有出自內心的感動和拚勁，我想這兩種感情在心裡噴薄而出，大概就叫做愛。我把整個臉迎面貼到他臉上，他的嘴唇捉住了我的。彷彿在我們緊貼的發硬的嘴唇之間突然多了一個溫熱的靈活的東西，從我的嘴唇縫裡鑽了進來，我心頭一驚，向後一躲，他原來把舌頭伸出來了！那多髒啊！

他將頭垂到我肩膀後面說：「我不敢相信，妳救了我，救了我，我好像又活過來了。」

「是不是爲了掩飾剛才可怕的舉止而說的呢？」我想。

我閉住眼睛，閉住嘴，抽空把嘴唇上濕濕的東西擦在他襯衣上。

口腔裡好像有無數異體的細菌在飛快滋長，嘴裡滋生出難聞的氣味了。我想，今晚回去只好拿牙刷刷舌頭了。

離開時他說，考試期間他就不再打擾我了，我該好好考試做乖孩子。到夏天放暑假，我們再好好聚聚。在他的話音裡，我感覺到某種曖昧的東西。它使我聯想到床。

走到門口，他幫我開門時，我們又擁抱在一起，他突然變得像父親一樣，來吻我的額頭。但我從他身體的一聳中覺察到，他是踮了腳的，他並不比我高多少，甚至他的胸膛也遠不像我想像的那樣寬厚舒適。他低聲說：「妳是我的小仙女。」那溫柔讚美的語調給了我很大的安慰。

懷著這樣的安慰，我度過了初戀的第一個夜晚。一個睡得很好的夜晚，沒有失眠。

接下來，就是我們第一學期的考試複習。第一學期大考的科目很多，最大工作量的，就是解剖。幾乎所有人體的結構都要背，神經怎樣從脊柱裡分散出來，怎樣從末梢一路傳導到下丘腦，在那裡換了鞋，再進入腦葉，等等，等等，等等。我並不害怕背誦，而且很喜歡獨自佔用教室裡骨髓標本複習，每塊，每條，每根，都可以觸摸，可以檢查它的形狀，被肌肉和皮膚裹住的身體再也不是神祕奇妙的了。

人對自己的身體原本是最不瞭解的，在背誦所有這些的時候，我常常驚異於自己身體的內部結構。這樣精細完美，一定是上帝造出來的。有時我想，上帝他費那麼大的事造人出來幹什麼呢？總不見得造出來就算了。我並不信教，我們說的上帝只是一個代名詞，用來代替那些我們能感覺到，但卻無法命名的事物，祂在我們看不見的地方創造著或者毀滅著我們。

在我的心裡，上帝造出這樣精緻複雜的人來，是爲了讓人過上不平凡的生活。

有個中午，我突然發覺原本總怕記不住的二百零六塊骨頭已在我腦裡清晰地出現了。即使在最熱的中午，我都沒午睡的習慣。我仍舊去了教室。

無人的教室裡，那具骷髏架子在鐵勾上面對我而立，像久久等待我到來的約定的熟人。護士學校的每間教室裡都在鐵架後掛著這麼一副骨頭齊全的骷髏骨架，是解剖課的教具。

我脫下剛發給我們的護士服、護士帽，給它穿戴起來，它用羊腸線或者尼龍線串起來的關節伸展自如，一動，卻發出枯骨的咯咯聲音。那骷髏的眼眶大而深陷，骨頭上能看到視神經和動靜脈穿過的光滑的小孔。顴骨高而口腔巨大，那是因爲軟骨都已經腐爛了。所以臉上本來柔和的部位被誇大了。這樣看上去，它總像在十分歡快地笑著。

穿戴整齊後，我將它背轉向我，它變成了一個高大而且差不多是豐滿的護校同伴。如果再以血肉加以補充的話，它應該是個高大的女孩，平平的肩，可以做時裝模特兒。我突然想到，也許過好多年，我死了以後，我的骨架子也被一個護士學校拿去做了骨骼標本，也會有一個活得無聊的女孩，在中午時把自己的護士服給我穿上。那時有誰知道我今天壯麗的戀愛？有誰知道我那麼怕什麼也沒經歷，人就老了！死了！

差不多有整整一星期，懷抱著一個共同的祕密，我和他在食堂裡、早鍛鍊的操場上、教室裡、睡前慣常的胡思亂想裡，到處、到處，隔著眾多同學的身影對望。他越來越溫柔、越來越露骨、越來越崇拜地拿目光追隨我；我越來越熱切、越來越沉醉、越來越優越地與一切搶奪他的視線。有時，甚至，我能感到我們的目光在空中交融，目光的小人在半空中匯合，緊抱在一起跳舞。

我每天早晨都搶最靠窗的那個水龍頭洗臉，我傍晚去洗衣服時也只穿一件內衣，在水龍頭那裡放聲高歌，我想像著他在窗前望著我，渴望著我。

星期一早晨像天氣預報說的一樣，突然熱起來了。大家紛紛從放在枕頭旁的衣服包裡翻出散發去年夏天氣味的衣裙來穿。終於露出捂得雪白的胳膊、膝蓋、腳踝。光著的腿在布裙裡互相碰著，感覺到從地面浮上來的暖風，那時的暖風像有人在輕輕摸我一樣，全身心都覺得舒服。

到了傍晚，溫涼的空氣讓人感到有一點悵然，到底那只是風，而不是一個眞的人。晚霞使我渴望重複那天晚上的事。我不敢去宿舍找他，只是在林蔭道上裝作背書的樣子徘徊再三。希望他能看到穿短裙的我。

到處都沒有他，沒有他那讚美的眼神，生活分明無聊極了。但在這樣不動聲色的黃昏裡，這些努力創造出來的不同變得像一堆破布裡的一小塊綢緞，幾近被淹沒。我有種將破滅的預感，它使我很不舒服。到後來，我已經不像在散步，而像一隻過獨木橋的羊那樣膽戰心驚地走著。

在緊閉的灰木大門旁邊，我看到那口鐘。沉重的鐘繩正在晚風裡輕輕搖盪。門房老頭用煤爐蒸一碗蛋，鍋裡噗噗響著。

那口鐘像老師一樣沉默。

我走過去，輕拉一下鐘繩，鐘嗡地一聲，好像一聲不能言明但又不得不發的輕嚎。如果他有靈氣，一定能聽到我寄託其中的焦急。

回到操場，誰也沒有。操場那面的黃煙囪上光禿禿的，沒有吵架的夫妻，窗檯上晾著家常碎花睡褲。也沒有鴿子。頭頂上的鞦韆鐵索咯啷咯啷地響。

這時果然看到了他。他趿著硬塑料的黑拖鞋，從操場那頭的浴室裡走出來。洗濕的頭髮直直披在腦門上，一點也沒鬈曲飛揚的意思。

他一路走，一路抓住翠綠的肥皂盒和擰成一團的毛巾，拿另一隻手挖耳朵，也許他挖出些被水浸濕的耳屎，很響地彈著指甲縫裡的小團髒東西。

我彷彿看到一池浮著肥皂泡沫的髒水。

他走近來，我跳下鞦韆，不知是要迎上去，還是想躲開。從搖盪的鞦韆上突然落到堅硬的地面上，我有種迎面撞上了什麼的驚痛。

聽到嘩啦啦的鐵索聲，他朝我這邊抬起頭。他看到我，喜出望外地站住。他穿了一條舊西裝短褲，腿很粗壯，如一個成熟的、年輕的、喜好運動的男人。我排除了所有想法迎上去。

我們一起走進黑暗的走廊，在黑暗中，他向我伸過手來，撈到我的胳膊，又摸摸索索抓住我的手，緊握了一下。他打開門，把我輕拉進去。一關上門，他就撲上來摟住我肩膀，並說：「想死我了。」

而我忽然聞到了一股沒洗淨的藥水肥皂氣味，特別潮濕地從他頭髮裡漫出來，我的膝蓋碰到他的腿，毛茸茸，癢刺刺的，是他又硬又粗的汗毛。我把頭偏開，而他的臉卻追過來貼在我臉上，藥水肥皂的氣味裡又添了中年男子嘴中重重的人味。我終於忍無可忍，掙脫開來。他愣怔著鬆開手，在慘澹的窗外燈光照耀下看他，我此刻眞巴望自己是在夢裡，我竟找到了一個用藥水肥皂洗澡、穿黑塑料拖鞋的白馬王子，天！

我無法形容在那間黑燈的屋裡，心裡有怎樣的一種失望。就像小時候，拿積木搭一棟五彩的大樓，越搭越高，越來越顯示出它的奇特，就在這時，嘩啦啦癱塌下來，只聽得積木互相碰撞的窸窣聲。

他站了一會兒，去拿出一個小錄音機，故意歡快地搓搓臉說：「我請妳聽音樂好嗎？」

「好的。」我也拚命使自己表現得高興。

他拿出盒花花綠綠的磁帶，照片上面是眼圈塗得像皮蛋、表情像母野雞的歌手。她的眼睛分得很開，我總在想，她會不會有先天智能低下，解剖書上稱這種臉是蒙古臉。不一會，歌聲響起來，五音不全而感情做作。而他卻說：「很好的節奏，很憂傷，對吧？」

完全不搭脈。一點也不憂傷，也沒有好的節奏，他像白癡一樣，還要裝年輕，裝懂得流行樂，裝腔。

「很噁心。」我說，終於暢快地吐出一口氣。

他掃了我一眼，不說話了。

做作的歌聲繼續毒化我們的空氣，這喜歡皮蛋眼睛歌女的白馬王子！

「關掉。」我說。

他又看了我一眼，伸手關掉錄音機。

黑暗壓下來，什麼聲音也沒有，什麼舉動也沒有。

他慢慢將手搭在我肩上，輕聲問：「考試壓力大吧，沒睡好？」

我忍耐了好久，才沒把他的手拂下去。我站起來，讓他的手自動落下去，我說：「我要走了。」

他送我到門口，絮絮叨叨地從抽屜裡翻出一只舊鐵聽，費勁地撬開蓋，拿出個舊信封，倒出些茶葉放進信封裡，塞到我手裡。他說：「天氣乾燥，你拿著回去泡茶喝。晚上別喝太多，起夜了就睡不好了。可以喝濃點，」他頓了頓，「也許你還年輕，茶沒什麼關係。」他的臉在外面射來的燈光裡更顯得浮腫而且方短，他掩蓋不了那中年人的局促。

我不能控制在心裡瘋狂生長起來的被騙的憤怒。一點也不能。

走出他房間，我又回過頭來，把茶葉放在門口放熱水瓶的凳子上，說：「我不喜歡喝茶，大人才喝茶。」

回到宿舍裡，大家都在叫背書背得頭昏，我說：「那還不如去洗澡。」大家都說好。燈下面一張張昏昏欲睡的臉即刻顯出精神來。洗澡時我仔細擦洗身體，被他摟抱過的地方處處感到滑膩膩的，只好一遍遍地借來芬的絲瓜筋擦洗，擰大熱水管沖燙。慢慢地，我能感到，皮膚像被揉過的皮子一樣變得又軟又薄了。剛開始被絲瓜筋擦得發麻和疼痛的感覺已經沒有了，只覺得爽，覺得又把自己洗乾淨了，心裡舒服。本來我見芬用絲瓜筋擦身體，自己從來沒做過，覺得會很疼，但這一次我知道，那眞是乾淨。乾淨的感覺很好。

芬的臉和半個很白的肩膀突然從蒸氣中露出來，她吃驚地看著我的身體嚷叫：「妳要死啦。」

我的胸前一片血紅。

我上學的時候，護士學校還是合食制，一個小組一個桌子，大家輪流值日，整個一星期全是我值日。同學們坐在一個個小組的桌上，值日生把熱騰騰的稀飯端出來，放到桌子上。很像在幼兒園吃飯的時候。英文老師的桌子在離領飯窗口最近的地方，他就坐在那張桌上。他眼睛曲裡拐彎地劃過我的身體我的臉，伺機向我微笑。而我總是在他準備微笑的時候馬上看別的地方。但幾次以後，這種遊戲也使我厭煩起來，我不再看他。

本來想等他吃完再過去，可他莫名其妙地拿了一把叉子撈稀飯吃，要多慢有多慢。鄰桌的值日生去窗口打來甜包子，那一桌喜歡吃甜的人都歡呼起來。我的桌上的人個個露出饞相。芬直叫：「妳幹什麼啦？妳孵小雞啦？」我只好收齊餐票往那邊走，路過老師餐桌時，乖乖地打招呼，像所有溫順而且靦腆的女學生一樣。他也終於得到了我的笑，他的眼睛在浮腫的皮膚裡可憐地閃著溫柔的光，我頭皮一麻，走過去了才大鬆一口氣。

靠在窗口，等飯師傅點包子的那會兒，又想起他那眼光，一個大人，到了這步田地，好像我也太惡毒了一點。我決定在返回的路上再對他笑一下。

我剛拿定主意，只覺得有人小心翼翼靠近過來，說：「王師傅，再給添一兩。」

有令人噁心的藥水肥皂氣味。

於是我們就以學校食堂裡最自然的方式站在一塊了。

他低聲問：「我有什麼地方得罪妳了嗎？」

我背著臉不說話，無法解釋，總之不是得罪不得罪的問題。

「能到我辦公室來一趟嗎？」

我回頭看著他直冒汗的鼻子，斷然說：「不能。」那時我發現，尖尖的男人鼻子有時看上去多麼可憐！

他像被擊了一掌，木然看住我，這時飯師傅把滿滿一盆包子端到窗檯上，我連忙把餐票塞到飯師傅又厚又紅的油手裡，特別恭敬地向他點頭道別，然後捧著包子走回來。大家埋頭吃了好一會兒，芬才點頭笑道：「英文先生很歡喜妳呢。」

「妳不要嚇我。」我瞪起眼睛。

我們一桌女孩忍不住去看老師的餐桌。他隔著好幾組桌子，喝一碗好燙的稀飯，仍舊在看我。看到我們集體看他，他突地一驚，埋下眼睛，又很快抬起眼睛，像所有的老師一樣，溫厚而矜持地回應我們的注視。他真虛僞，真膽小。像所有的大人一樣皮厚。

他離一個浪漫故事實在相差太遠了。

那時我並沒有學會遺憾，這是種大人才有的感情，我只是憤怒，怒火中燒。

下午第一節解剖的總複習課，老師讓我們去解剖實驗室上。太陽照耀下的樹和樹下的野草散發出刺鼻的樹香，我們在一樓走廊裡集中等老師拿鑰匙開門。在強烈日光反射下，教室的紅門顯得格外陳舊。平時，這裡一直鎖得很嚴實，不知爲什麼那天傍晚會沒有人，卻開著門。

老師拿著沉重的生鐵鑰匙咯啦咯啦開門，不見陽光的底樓所特有的陰濕和著福馬林氣味像水一樣漫出來。同學們都止住了嘻笑，臉色呆板地看著呈現眼前的藍瑩瑩的屋子，死亡的屋子，到處都泡著肢解的屍體。窗子上掛著藍布窗帘，那是老師宿舍裡一模一樣的窗布，然後我看到了鼻咽部的標本，它在老地方。

屋裡的空氣都是沉甸甸的，同學們走來走去，或蹲下來，短裙和長裙拂來拂去，很好看的樣子。在沒有陽光又充滿福馬林氣味的屋裡，也像一些在藥水裡浮動的人體。在這些死亡了而且被切成一塊塊了的人體中間，最煩躁的我，最精明的芬，都老實下來。

我忍不住走過去看鼻咽標本，我和它眞是有緣分，但是，那緣分裡面陰沉沉的。鼻咽部是人身體裡最隱密的部位之一，那麼難把它指出來，更摸不到。但它，卻長得像大寨山上的梯田一樣。「奇怪。」我心裡響起老師的聲音。老師的聲音眞的是誠懇而溫和的聲音，他說出來的是我的心裡話。「奇怪。」芬突然走過來，點著鼻咽標本說：「這是個槍斃鬼！」

順著她的手指看去，果然發現了太陽穴上有個花生米大小的孔，那裡面的肌肉絲絲縷縷的，很像破布條子。

有人驚嘆：「難怪他家的人肯把他的頭鋸成兩半！」

又有人說：「這麼老的人不知犯了什麼罪，怕是反革命吧？」

有誰知道他活著時做了什麼驚世駭俗、十惡不赦的事呢？無法知道。

那個鼻咽標本臉上的花白鬍子，總使我感到它沉默的大波大瀾的一生。多少個標本都是從出生到死亡。作為學習過解剖學的人，清楚生和死的過程，但人們順應著肌體從始到終的路線，去經歷怎樣的案情，卻是不清楚的。死亡把生命突然就攔斷了，就什麼都沒有了。

這些零星混亂，但卻很強烈的發現，使我總無法靜心溫習解剖學。我感到更煩躁，就跑了出去。外面陽光燦爛耀目，充滿夏天爽朗的氣息，門房老頭正慢騰騰地拿起鐘繩，打算撞鐘下課。

解剖老師探出頭來，叫我到她辦公桌上再拿些複習紙下來，她拿少了，不夠分的。

我經過他辦公室時，盡量放輕腳步，可還是忍不住往裡看了一眼。他站在窗前，正撫摸那把我坐過的椅子的椅背，微微弓著背，我心頭突然一陣歡喜：幸好那天我並沒靠在椅背上，他摸也是白摸。

他驚醒似地回頭，猝不及防地看到我，臉上頓時驚喜地一鬆，張開嘴。我慌忙逃過他的門口，拿上複習紙，從另一邊樓梯逃之夭夭。

如果說少女是女人一生中最殘酷的時期，我很同意。

第二節課是英文總複習。這次大考以後，醫用英文就結業了。打預備鈴時，我心裡煩躁極了，忍不住在椅上扭動身體，大腿的皮膚搓在椅面上，嘰嘰地響。林小育偏著身體看我，她是個很遲鈍的女孩子，什麼也不懂，我們班上的同學都叫她「寶寶」。英文老師走進來，目光游離地看我，只有我一個人看出，他的頭髮整理過，稀薄的頭髮被吹風機烘托起來，像蠶寶寶結的繭。他以爲這樣好些，其實這樣更老，更衰，更讓我恨他，在心裡叫他老妖怪。他仍舊和平時一樣，在黑板上寫下不流暢的英文。他不是那個怪獸，他永遠也變不成英俊的王子。

在我們抄複習範圍時，他好幾次在我旁邊走動，我知道他想要什麼，可我就是不看他。他小腿上有些褪皮，只有油脂缺乏，又常用腐蝕性肥皀刺激皮膚的人才會這樣。那就是藥水肥皀的成功之處。那天是我抄寫空前端正認眞的一天，幾乎後來連我自己都相信，我是因爲用功而忽視了焦急不安的他。那天我發現自己能寫一手好字。

他不走動了，靠在窗檯上，就站在那架骨骼標本旁邊，窗外的高大梧桐正在落籽，一球球褐色的懸鈴散落成無數根細小金黃的飛絮，隨風到處飛舞。他背著陽光，臉變成了一塊模糊不清的陰影，他似乎對那個穿過我衣裳的微笑的骨骼標本發呆。不知他是否也看到它的奇怪微笑。它在笑他不甘心老呢。他沉默地埋著身體看它，陽光必定也照暖了它硬而光滑的骨頭。他的模樣使我想到解剖實驗室的那個傍晚。爲什麼夏天的傍晚總會發生些故事呢。如果沒有那個傍晚，以後的一切事情都不會發生，一切都不會令我噁心了。想到他曾和我有過的共鳴，我猜想他是故意設下的一個陷阱，幾經情場的中年人，輕鬆地就能騙過我，否則他怎能贏得我？初戀是最不容易的一件事了。

他的腮幫隨著嘴角一起掛了下來，看上去多麼乏味！我連忙閉上眼睛轉過頭，看電影時，看到殺人或者嚇人的鏡頭時，我總是這樣做的。

芬在前排大聲說：「先生，那個字拼錯了。」

他驚醒似地彈起身體：「什麼？」

「第一排倒數第三個詞拼錯了。」芬指著黑板說。正好有束陽光射到她手指上，手指甲閃閃發光，她一定又偷偷塗了指甲油，我在她鉛筆盒裡見到過一小瓶指甲油，老師不讓塗，她說是用來封絲襪抽絲的地方的。她明亮的大眼睛笑笑地瞥著老師，她就是這種四處想電人的女孩。最好每個男人都愛她。

他四下看看，說：「讓我查查字典。」說著，他走下來，越過芬到我桌邊，「借字典給我用一下好嗎？」

我看著他說不出拒絕的話，等他把我的字典拿到手裡，我動了一下，彷彿抗拒一般。這時，昨晚絲瓜筋搓傷的那塊皮膚在衣裳下面通了電一樣，熱熱地跳動起來。老師那雙指甲極短，彷彿是用牙齒啃乾淨的手，使我想到口腔的氣味。

他翻了許久才找到，到黑板上改正了，並謝了芬。講臺下面一片怨聲。大家都在本子上改正。芬藉機半埋怨半撒嬌地央告他縮小範圍。他看看我說：「等下節課吧。妳們總該複習一下教過的內容。到工作時都用得上，特別想考外賓病房的同學。」但是他遲疑片刻，還是舉起黑板擦，擦掉了幾個詞。他從來就是經不起同學撒嬌的。大家都笑嘻嘻地在本子上畫掉。我獨自昂著頭，不看他，也不畫本子上的單詞。

我的字典就這樣被他握在手上，然後，又被他輕放到一堆複習紙裡，迅速往裡一塞。

我恨極了。

我說：「我有問題。」

他突然吃了一驚，臉上不自然起來。我發現中年男子的臉是不會顯出紅暈來的。應該臉紅的時候，它便顯出腫脹起來的不自然。他彷徨地沉默了一會，半窘半悔地說：「什麼？」

「你沒還我字典。」我揭穿他。我微微笑著盯住他。最後還是沒忍住，在他把字典遞還給我時又說：「省得你又在什麼時候叫我到辦公室去拿。」

那節英文課實在很長！以後的幾十分鐘，他在我們抄複習範圍時，只是躲在講臺那兒的陰影裡，頭微微向前傾，神情寥落中含著隱痛。是我擊痛了他。那時我深恨他，因爲他破壞了我寄託在他身上的少女征途中的全部幻想。那幻想的破裂，也是很疼的。痛擊他的快活減輕了我自己的疼痛與失望。當把憤怒集中在一個具體的人身上時，憤怒就變成動力。

青黃色的陽光中傳來鐘聲，鐘聲安然地響，就像一排排白浪，漫不經心地抹淨弄亂了的沙灘，宣布一個新的開始，或者一個新的結束。

晚飯時候，發現他在他的桌上默默看我，等我注意到時，他卻調開眼睛不看了。大家交流家裡帶來的菜。芬帶來清蒸帶魚，大家都爭著吃。魚刺扎在牙縫裡，我轉身背著大家拔時，正張大了嘴，又看到他的目光。被自己所憎恨的人看到不美麗不超俗的儀態，更讓人惱怒。我白他一眼，可他在我表示之前，就調開了眼睛。

他仍然拿了那把慢吞吞很可恨的叉子撈飯粒。他面前也有一個玻璃瓶，裡面盛著五顏六色的小菜，大約是素什錦之類。

吃著妻子的炒菜偷情的白馬王子！我憤憤不平地想，到底要不要臉啊！

吃完飯去洗碗，又看見他默默地看我。我拿著盛滿熱水的髒碗，我眞想揮手向他潑過去。看什麼！有什麼好看！看你撫摸親吻弄髒過的臉嗎？我氣得笑起來。他一定弄錯了我的意思，他欣喜地慢慢從桌旁站起來，拿起吃到一半的飯碗，裝作也來洗碗，走過來。我突然起了念頭，我說：「夜自修以後，到教室裡等我。」

他努力不被人察覺地，如釋重負地點了點頭。說實話，他的眼睛仍舊很溫柔很讚美，把我當成他的小仙女，但我已經改變，我只想舉刀斷水，割掉那用芬的絲瓜筋都洗不乾淨的東西。

整個一個夜自修，我都無法將後天就要考的解剖神經部分溫習進去，圖解更是常常出錯。我看著在黑板前面排著的骨骼標本，心裡十分興奮。

女孩子考試的態度總是緊張的。爲了考得好，並不想活學活用，而寧可選擇死背這條路。在中學裡，因爲男女同校，男生的放鬆態度沖淡了女孩的一些緊張心情；而在護士學校這樣全是女生的地方，一個人開夜車複習，會影響所有知道這事的同學，引起大家的惶恐。複習日越減少，空氣越緊張，背書也會越演越烈。在那個晚上，林小育緊張得兩眼發光，像野貓一樣，我裝作背書的模樣等待夜自修結束的鐘聲，但心裡全是爲自己所有的不愉快大大報復一番的幹勁。

夜自修終於結束了。同學們終於從教室回到寢室裡去。教學樓燈熄了，連走廊的燈也沒留下。隔不遠的宿舍裡，傳出吵嚷和說笑的聲音。約定的時候就要到了。

我假裝上廁所去，摸回到教室裡，走到骨骼標本那兒，明亮的月光照亮了大半個教室，照亮了骷髏臉上的笑容。我拍拍它的骨頭，「幫幫忙。」對它說，我拿出護士服和護士帽，給它一一穿戴起來。安靜的教室裡，只有窗外樹葉濕潤輕微的響動，還有它的關節發出的咯咯聲。穿上衣服，它重又變成了高大豐腴的女孩。我將它面向窗戶以後，自己躲到教室後排的桌子底下，那裡是全屋最暗的角落，滿是乾燥的灰塵氣味。它肩上也灑滿了那多情的人喜歡沐浴的明亮月光，看上去竟是非常地含情脈脈，像在戀愛上受了委屈而站在夜晚月光下傷心的人。

要仔細看衣服下面，才能發現那裡兩條小腿骨閃著枯骨淡黃的微光。那兩條腿很可怕，又僵直又飄忽，很像傳說裡的鬼。如果用力拍它的肩，那腿一定會晃動起來。

教室裡沒有聲音，教室外也沒有聲音。甚至連樹葉的聲音也沒有了。我的小便突然急起來，急得我要叫出來。我知道這是太緊張的緣故，站起來輕鬆一下，就好了，可我不敢站起來。

正在這時，聽得教學樓的彈簧門吱地一響，他來了。

腳步聲很輕很輕，彷彿腿在哆嗦。

教室裡突然變得昏暗，好像風搖動了樹，樹遮住了月亮，一地閃閃爍爍蠕動不止的月亮，像許多眨著的明亮眼睛。它僵直地立在那裡，鬼氣森森。我突然害怕起來，伴隨著越來越近的腳步聲。我意識到我在做遭報應的事。按老法說，就是傷陰德。是它報應，還是他報應？

我要報復的心情煙消雲散，只想趕快從桌下出來。可出來幹什麼？去應他的約會，我能嗎？不能。

門被輕輕推開。他蒼白著臉走進來。

他站下，好像猶豫了一會兒，向它走去。

他說：「我來了。」

他陪它沉默了一會，轉過頭去看它。他抬起手，疑問地碰碰它肩膀。它發出一陣枯骨的咯咯聲。他大驚，將它轉過來，它在月亮裡黑洞洞地微笑。那個笑我都看到了。

它其實是向我和他兩個活人微笑的。

我連忙閉緊眼睛。

教室裡沒有驚天動地的聲音。

我再睜開眼睛時，他仍然站在那裡，和它並肩望著塗滿月光的樹葉。他的肩上也有許多月光，背影看上去也含情脈脈。

但他的肩軟軟地塌了下去。

我終於擊疼他了。

看著他的肩膀，我突然發現，也許不光是我一個人感到受辱受騙。他背上的表情是我非常熟悉的。

怎麼他也會有和我一樣的失望心情呢？

在他身後望著他。在某種意義上說，也是和他一塊在月亮地裡沉默著。

不知道過多了多久，英文老師動了一下，他轉頭望住身邊穿了我衣服的骨骼標本。

英文老師幾乎是愛撫地拍了拍我的燕帽，月光下的他，臉上的那種中年人難看的浮腫突然消失了，他重新變得英俊，溫柔而且聰明，他的那種聰明，使我想起以前他講青鳥的故事時的情景。

幸福是一隻小小的，不起眼的小鳥兒，他告訴過我這一點。

英文老師像書裡寫的眞正的男人那樣，在第二天早晨餐廳裡平靜地向我點頭微笑，他的微笑使我感到昨晚上的事幾乎是一個幻想，是許多個臨睡之前的荒唐故事中的一個，甚至整個夏初的初戀，都是一個只在我的遐想中的故事而已。他有著那樣平靜的微笑，就像所有的中年男老師對他的漫不經心地教著的女學生的那一種禮貌而心不在焉的微笑，他再也沒有跟我多說一句話。

這一年的夏天，我考得最好的是解剖學，98分，全年級第一名，把解剖老師高興壞了，考得最差的是護理學，實際操作我拿到一個「良」，還被加上了一個「一」號。護理老師說我身上有種心不在焉的作派，絕不是個好護士的苗子，其實是她討厭我，她討厭我這種人。

拿著護士學校第一學年的成績單，和我的初戀故事，我回到了家。

好容易靜下心來。白天時，爸爸媽媽去上班了，房子裡靜了下來，樓上王家姆媽家的安徽鐘點工在陽臺上用洗衣機洗衣服，甩乾時，她總是掌握不好，不會把衣服放得平均一些，洗衣筒總是咕咚咕咚地響。我躺在竹席上，回想英文老師的微笑，那微笑將我的初戀祕密地埋葬了。現在想起來，眞地不能確認，到底我有沒有和英文老師之間發生過什麼。「小仙女。」他到底這麼叫過我嗎？想到他，我還是覺得噁心。常常都是這樣，我躺在床上胡思亂想，然後就想到英文老師，然後我就猛地坐起來，我得做點什麼，因爲不願意再想下去。我不是在電影裡面，電影要是演到這裡，肯定就轉鏡頭了，女主人公煥然一新地走在淮海路上，要不走在菸紙店旁邊也行，反正總有方向。但我這故事不是電影，我得一分一秒地過去。而且我也沒有方向。

我是個在放暑假的孤獨的護校學生，一個人守著一間屋子，那麼靜的房間，那麼多時間，一點也不知道要幹什麼。

中午時，收音機裡的「立體聲之友」裡可以聽到外國的輕音樂，《燈光燦爛的小鎭》，用口琴吹出來的，好像一個人在傍晚時到了一個陌生小鎭子上，有點孤獨的心情，聽得心裡難過起來。但我也不捨得轉台。一支一支地聽下去，《愛情是藍色的》、《日本男孩》、《倫敦的街道》，全是讓人難過的曲子，就想害得別人最後難過得哭出來，他們算完成任務了。但我還就是不能哭出來，那種難過，像吃進去一整個茶葉蛋那樣，直悶在嗓子眼裡，上也上不來，下也下不去，是一種尷尬的難過。也許在我心裡，我覺得自己沒有什麼資格像通常戀愛了又失戀了的人那樣哭，或者悲傷吧，我是那樣勾引了老師，還甩了老師的壞學生，也是個壞女孩吧。我有什麼權利獨自傷心呢？

但傷心卻是控制不住的。

音樂在旁邊扇動我心裡的那種傷心。我其實很想哭出來。「立體聲之友」裡，又報出來一支曲子，《昨日再來》，又是一支讓我傷心的曲子。把傷心全都倒翻了。

回想起來，這是我第一次獨自面對我失敗的初戀，沒有同學們，也沒有父母，沒有老師，也沒有街上的人，就是我一個人。英文老師和我們班告別時，臉上深深微笑著，我想起他來，但馬上避開了，我不想再看到他的臉。一點也不想。

我努力了半天，以爲自己可以過不同的生活，但是，我失敗了。我還是得過從前那樣無聊的暑假，漫長的暑假，頂大的事情，就是約了中學同學到上海跳水池游游泳，天熱的時候，游泳池裡擠得到處都是人，一游就踢到別人，或者被別人踢到。所有的不同，只是今年我心裡多了一塊自己也不想去的地方。

這時候，我忽然聞到一股香味，它打斷我。那是讓人特別愉快的、親切的香味道，跟著穿堂風一起進屋裡來的，從樓下瀰漫上來的，是蒸童子雞的香味。一定是王家姆媽在蒸童子雞，每到夏天，她總是蒸童子雞吃，裡面放一些白參的參鬚，還有兩顆紅棗，是清補的。我想起來每年暑假，我都能聞到她家蒸雞的香味道，從小到大，這也是我童年的味道。小時候我眞饞，媽媽也從王家姆媽那裡學來了怎麼蒸童子雞給我吃。

我從沙發上爬起來，走下樓去。

王家姆媽搬了張紅漆的小圓桌放在後門口，小圓桌上放了一隻大白花碗，碗裡有切成小丁的土豆塊、紅腸塊、菠蘿塊，還有綠色的青豆和黃瓜丁。她正把削好皮的蘋果放在碗裡的水中，我想那一定是碗鹽水，蘋果在鹽水裡浸過不會發黃。王家姆媽新燙了頭髮，梳得整整齊齊的，要是她不戴紡織工人的帽子，就好看多了，她的眉毛又拔得細細的了，像那種資產階級的端莊。

「香死了。」我說。

王家姆媽笑嘻嘻地從小竹椅子上站起來，說：「妳從小就是這麼一句話，前世裡一定是個雞販子。」

我聽得笑起來，她也永遠是這麼一句話。和從前一樣，她從她家有綠紗窗的木碗櫥裡拿出一只小瓷碗來，在鍋裡盛了一小碗湯和雞塊，特地找了半只肫肝放在碗裡，捧了給我。

「喏。」王家姆媽說，「吃點補補。」

「謝謝王家姆媽。」我說。雞湯眞香，暖暖地沿著食道下去，心裡突然鬆了開來。世界上眞有這麼好吃的東西啊，每次喝到這樣的雞湯，都讓我不能相信世界上還有這樣的美味。

王家姆媽把蘋果切得小塊小塊的，倒在白瓷大碗裡。然後，她敲開一個雞蛋，用小湯匙把蛋黃盛出來，放到另外一個碗裡，站起來，把盛蛋清的小碗捧回大碗櫥的最下面一層放好，她一直很講究衛生，生的東西一定放在下層，熟的東西才放到上面一層去。然後，她拿出另外一只盛了沙拉油的小碗，放到小紅漆桌上，開始做拌沙拉用的蛋黃醬了。

「我來做。」我說。

「你們小孩沒有耐心做這種事的。」王家姆媽不給我筷子。

「我來試試看嘛。」我伸過手去，一定要做。我從來就是看我家房子裡的大人們做，自己卻從來沒有做過。

王家姆媽將裝蛋黃的小碗交到我手裡，往蛋黃碗裡滴了一點點沙拉油，指點我說：「記好了從什麼方向轉圈的，不要正面攪攪，反面攪攪，那樣蛋黃醬要茄掉的哦。」

我說：「哦。」

聽說蛋黃醬做得好的話，可以黏住攪蛋黃醬的筷子。

「主要是自己做的，衛生，放心，也省。」王家姆媽說。

「但是要花那麼多時間。」我說，「一下子就吃掉了，什麼也沒有了。」

王家姆媽笑起來：「只有妳這種小姑娘才說傻話呢。妳把雞湯吃到肚子裡去，舒服吧？怎麼叫什麼也沒有了。」說著，王家姆媽驚叫一聲，輕輕拍了下我的手，「不要正面攪攪，反面攪攪，剛剛講好的呢。」

那個下午，我一直跟王家姆媽坐在後門，我看她做沙拉，燒紅燒豇豆，她說那是一味寧波菜，用麻油和鹽拌蒸茄子。要是我和她都不說話的時候，就隱隱約約能聽見樓上我家的房間裡開著的音樂聲。還是輕音樂，還是想要讓人難過的曲調，隔著這麼遠，我都能聽到。

王家姆媽也聽到了，她說：「妹妹，要不要上去關掉？又不聽。」

我說：「不是我家開的音樂。」

那個暑假，我在我家弄堂後面的馬路上找到許多飲食店，可以吃到好吃的東西，像小餛飩、三絲冷麵、赤豆刨冰、薄荷糕、南翔小籠包子。我在大太陽頂在頭上的中午，也會跑出去找一個地方吃東西，說起來，是不高興自己燒飯。爸爸媽媽只是警告我不要去髒的店家，怕吃出肝炎來，他們並不制止我，我想要吃，總是他們高興的事。我一家一家地吃過來，然後再從頭吃起。還有一次，走了半個小時，特地跑去淮海路上的滄浪亭吃蘇式的麵條，麵筋香菇麵，湯頭有點甜，好吃極了。

每次吃飽了，我的心情就安定了，好像我的心也飽了一樣。

王家姆媽常常叫我去喝她的雞湯，我沒有喝到過比她蒸的更鮮的雞湯。爸爸特地買了一隻雞來送給王家姆媽，算是鄰居間的還禮。王家姆媽輕輕地驚叫一聲，拍了一下爸爸的胳膊：「啊唷，朵萊爸爸介客氣啊！」

那天我突然發現，王家姆媽乾乾淨淨、喜滋滋的臉，除了眉毛細得嚇人以外，也挺好看的。

第二章

到了深秋的時候，我去醫院做畢業實習。我被分配在9病室，癌病房。

這個病室原來是最初私立醫院時的調養樓，所以坐落在醫院的花園中央。它算是醫院裡最獨立的病室，所以用來給最重的病人住。那時候，大家的概念裡，癌症差不多就是等死的意思。病室的房間小而舒適，只是乾燥的陳舊的綠色牆面，裡面像是飄動著一些煙。病人大多數都坐在床上，像等著什麼。一路慢慢走過去，總有眼睛看我。那些眼睛像鏡子，我從那裡照出來自己是個健康無邪的小姑娘，乖乖地在地板上走，嘴唇很紅，臉也很紅。

一個護士悄沒聲地推著一輛白漆小車和我擦肩而過，拐了一個小彎，這時，我發現走廊的另一邊，靠陽臺那兒，還有一段極短但很暗的凹廊，通向一扇門。門楣上亮著老式的玻璃罩燈。護士進去，用腳勾上門。就在門打開的那一刻，我突然聞到一股捂得很久了的爛蘋果味。

陽臺上有些舊了的藤條椅，有個又瘦又高的男人坐在椅上，穿著病員的紫袍子。他驚醒了似地看我。他的臉很白，所以頭髮和眼睛眉毛就分外黑，幾乎像孩子。

我的心剝剝地跳了幾下，才鬆鬆地回到原處。

我想到了英文老師，遙遠地在我的腦海裡一浮，我的心裡剝剝地渴望著。

我在那個男人低沉而驚奇的眼光裡面，終於遠遠地離開了英文老師的陰影，大概有什麼事情又要發生了吧！我心花怒放地想。

我把手插進護士服的衣兜裡，接著往前走，這樣含著胸，背影會很柔和。今天早晨大家都找出各種藉口折騰打扮，經過一個暑假，芬已經有了男朋友，她只穿了一件毛衣，還叫著熱啊熱啊，把毛衣脫了，而我，頭天晚上就想好了穿薄毛衣，所以就對芬笑得明鏡一般。連林小育這樣純潔的人，都在清早就起來，辛辛苦苦在帳子裡做好了一個蓬鬆無比的劉海，不過被醫院派來的護理帶教老師毫不客氣地全都塞到護士帽裡去了。一切的一切，都是爲了這一時刻，我們不像貴族小姐，十八歲開一個大舞會宣告進入成人生活。第一次實習的第一天，就是我的大舞會。走過去，不回頭，如果他在看我，我不去破壞我的形象，如果他已經不看了，我也用不著傷心。我的後背上一片灼熱，我突然想到芬說，我的屁股太大，像婦女一樣。我幾乎立刻就想逃走。

突然一股爛蘋果氣味，甜腥腥地漫過來。一間病房靠門的床上，筆直地盤坐了一個老太太，那乾瘦無比的老太太緊緊抓著一塊西番尼吃，把好好的點心捏得爛柿子一樣。她的眼睛明亮如刀鋒。她叫：「小姑娘是新來的？」

我點頭。

她看看我的身體：「妳不冷啊？」

「不冷。」我臉嘩地燒上來。

「怎麼會不冷！」她反駁我，尖銳地看我，特別像尺一樣量了量我胸圍，她一定看出來了，如果我加上件毛衣，會將僅有的一點曲線全掩埋起來了，於是，她就抿住嘴笑。

我趕快往護士辦公室逃去。

她在我身後很響亮地說：「去加件衣服，小姑娘，保暖比好看重要。」

陽臺上那人仍舊在看著我。

護士辦公室在走廊底，護士長正在配藥間忙著。我走進去，看到洗手池裡鮮紅一片，是血。護士長說，是個白血病人死了，搶救時接的血，用了一點，就死了。她是個面容聰明的高個子，很白，眉毛卻淡淡的。她一定是個時髦的人，雖然她和所有的護士一樣穿著制服，但是她穿得很漂亮，不知道是怎麼打扮的，就是特別漂亮。我叫她「老師」，她「唔」了聲，拿了腰盤很利落地沖洗手池裡的血水。血水很快沖淡並沒了痕跡，下水道甚至「呃」地打了一個嗝。然後，她開始打肥皀洗手，一共洗三遍，洗得指甲閃閃發光，然後，仔仔細細擦乾手。又去打開一只圓圓的小白塑料盒，上面寫了兩個字：「尿素」，那是護士用的護手油。她那雙手白而柔軟，乾淨得沒法說。而我的手卻又紅又有皺紋，令人羞愧。我把手伸過去，笑著說：「妳看，妳的手一看就是護士的，而我像胡蘿蔔。」

護士長看了我一眼，沒理我的馬屁，只是說：「二十歲了？」

「還差兩個月。」我說。

她點點頭：「準備一下，醫生要查房了。」就走出去了。

我走出配藥間，看到一個臉色紅潤的小個子男人，穿著醫生的白大褂，正在塡死亡通知單。他塡得很慢，字也不好看，小小的擠在一塊。樓梯上有吱呀吱呀的鐵輪子聲。我湊過去，想看通知單上寫些什麼，他抬起頭來，很傲慢地把我擋回去。護士長嘩啦嘩啦地把鋁面的病史卡一疊一疊抽出來，堆在推車上。

查房的時間到了，辦公室裡分好幾路，我和護士長正好跟那個驕傲的小男人。我抱著病史，小男人很快地走在頭裡，他的皮鞋底又高又粗。護士長總趕著和他並肩走。他問話的時候，那些病人眼光好遠地躲著他，臉上又笑著，一半苦惱，一半討好的樣子。

一個四十歲的男人，從來不生病，突然發低燒，每到傍晚，都面若桃花；一檢查，滿肺全是癌。可他根本不吸菸。他躺在那兒，一臉如夢初醒的愣怔模樣。

一個五十歲的男人，本來鬧痔瘡，年年冬天都不好過，去年冬天突然好了，然後又拚命便血，總以爲痔瘡犯了，後來做檢查，居然晚期直腸癌。

一個十九歲的男孩，大一數學系的學生。上體育課的時候跑瘋了，撞在跳高架上，以後腿就不舒服，先貼傷筋膏，再用熱水袋，最後才發現是骨癌。

爛蘋果氣味飄過來，那個老太太，七十歲的素食者，而且還會氣功，卻得了胃癌。她臉上也堆滿苦惱和討好，但眼睛仍舊靈活鋒利地剝著醫生的臉。醫生草草問了幾句就走，她追著醫生說：「就好了？就好了？不管我了？」

「再加些營養藥物吧。」醫生像小菜場的農民對付討價還價的買主那樣，又給她加了一種藥。

原來那個高瘦男人叫劉島，記錄卡上寫著他三十三歲，白血病。我站在醫生後面的角落裡，斜斜地看他，慢慢，我整個肚子都熱起來，劉島望了我一眼，溫順裡面有一種我看到的渴望，也許是一個重病人對護士的依賴，也許也是一個生病男人對健康女孩子的愛慕。在劉島的目光中，我看到英文老師的臉在暗中倏地一晃，又不見了。

我竭力控制著自己激動的心情，我覺得自己好像一隻餓得要命的野貓逼近一戶人家掛著的生魚那樣，屏住了呼吸。我盡量不看劉島，在眼角裡，我看到了黃綠色的軍服的顏色。

我甚至聽不清醫生在說些什麼。

我感到自己像一朵白花，在綠色的癌病室的背景前，極慢，但不能阻擋地伸展開自己碩大頎長的骨朵，又嬌嫩，又茁壯。這奇妙的心情輕盈而熱烈，像滑翔一般乘風萬里。就這樣，他的眼睛把我從平淡生活的禁錮中再次釋放出來。我一定在他眼睛裡舞蹈來著，跳一種在惡夢裡才有的，緩慢的舞蹈。醫生轉向另一床病人，我一步不差地跟在護士長身後，把劉島的病歷收到手裡，放在最下面。我知道這時我臉上一定平靜得發呆，因爲五臟六腑都在自己過自己的狂歡節。

查完房，我最後一個進配藥間去洗手。第一遍，肥皂沫從手裡流下來，是黑黑的，手指上甚至搓下一些短的油膩。第二遍能看到手上的皮膚軟些了，手指上有點粉紅。第三遍，我把手放在涼水裡揉著沖著，一雙手漸漸出現前所未有的潔白和秀麗，眞不敢認。再把手晾在窗檯的太陽裡，看指甲閃閃發出玫瑰色的光彩。窗外有一隻活不久了的蜜蜂嗡嗡拍打著一塊玻璃，想進屋來。

接下來，護士長讓我看病史，瞭解病人情況。在護士長眼底下，我翻了老太太的病史，我在心裡管她叫西番尼，發現她原先住的地方離我家很近，就在安順路上。小時候當野小鬼，還跑到她家那條弄堂裡去翻牆頭，依稀記得，那兒有棵很老的無花果樹，一搖，就噗噗噗爛餅似地往下掉，可那些果子一落地就爛扁了，沒一個能順順當當吃到嘴巴裡的。

我瞥了一眼護士長，她又把抽屜打開，在看放在裡面的東西，我猜想那是書，她看到我在注意她，就轉頭問我：「有什麼問題嗎？」我趕忙搖頭。

劉島原來是個孤兒，是新疆陸軍的某部工程師。我特別滿意地看到，他已經三十三歲了。

在我讀劉島病歷時，紅臉醫生走進來，護士長呼地關上抽屜，醫生叫護士長親自去給3床掛化療藥，他說：「出了問題妳要負責的。」

護士長說：「你不是床位醫生嘛，哪裡輪得到我負責。」

他「哼」地笑了一下，說：「那要看護士執行醫囑的情況了。也會有些情況是錯在護士身上。」我發現，紅臉醫生在和護士長講話的時候，特別強調她的南匯口音，他的眼睛則似笑非笑地望著護士長。

護士長取了家什，去劉島房間給他輸液。護士長一走，他就拉開那個抽屜，拿眼瞪著那本書，我趕上去張了一眼，這次終於看明白，那是本血液病方面的書。

我放下病史，跟到劉島房間裡。護士長正舉著針頭發愣，氣泡早放完了，小股小股的藥水不停地溢到地板上。我知道劉島一定會看我，所以停了停。我猛地抬起眼睛去抓他的眼光，果然，他躲閃了一下，又熱熱地看住我的臉。然後，我埋著頭走過去。「你是我的小仙女。」我想起英文老師說過的話。

護士長已經平靜下來，讓我站在一邊看，她說：「3床化療了一段時間，血管有些硬化。妳摸摸看。」護士長這時候重新說正常的上海話了，一點點也沒有南匯的口音。她正常的時候，簡直就是一個比王家姆媽的大女兒蓓莉還要矜持的上海小姑娘，看什麼都冷冷的，但冰雪聰明。

我走過去摸劉島的胳膊，他的皮膚很有彈性，但是，可以摸到在他的皮下滑動的血管上，有一粒粒小東西。「像沙子一樣。」我說。

「這種地方打下去，血管一定會破的，因爲它已經一點彈性也沒有了。」護士長說，

「化療藥水如果溢出來，會損壞周圍的組織。所以一定不可以選擇這樣的血管。」

護士長選了劉島腿上的一根血管，她的手在劉島粗黑的腿上輕輕按著。找一根在皮下滑動的靜脈，我看著她潔白的秀氣的手指和他蓋著一層黑黑的汗毛的小腿，突然心慌起來，怦怦地跳個不停。

「妳注意多觀察。」幫忙注射以後，護士長領我出去，吩咐了我一聲。我由衷地說，「好的。」

這時，走廊旁邊的小房間突然敞開了門，裡面的陽光一直射到那段小小的走廊裡。小房間裡有一張床，床單已經撤下去了，床墊上染著一攤攤的黃東西。旁邊立著補液架和氧氣，還有亂七八糟的什麼機器。西番尼晃晃悠悠地停在門口，嘴裡說：「死掉了！死掉了！」我路過她身邊時，她突然熱烈地抓住我，拿下巴點著床墊說：「他才六十八歲，比我還小兩歲多。」西番尼的手很乾很硬又很燙，像被火烤得乾乾的薄木片。床墊上散發出一股股爛蘋果氣味，我突然看到窗檯上有雙舊布鞋整整齊齊地曬在那兒，大腳趾的地方還鼓出來一丁點。這是那個死人的鞋子吧。西番尼把全身重量統統壓在我身上，兩眼炯炯有神。她身上有股甜腥腥的氣味撲進我鼻子來，我忍不住把西番尼推開。

從西番尼手裡掙扎出來，我回到護士辦公室，護士長在洗手，她說：「她從來就是這樣子，別人死她最開心。她自己那個壞東西馬上就要堵住食管了。」

我笑了一下，不知爲什麼，心裡狠狠地一哆嗦。

下午去醫院的教室上課，上最後一節護理課，學屍體護理。有人穿了護士服裊裊婷婷地來上課，是那種覺得護士服比自家衣服好看的女孩。帶教老師在門口當場攔住她們，說：「把工作服脫了，工作服上全是病房裡的細菌，以後不要穿到病房外面來。」老師說得她們紅了臉，忙不迭地把白大掛脫下來。大家都有點心不在焉，連我的同桌林小育都悄悄磨凳子。她被分配在腦外科病房實習，說：「一眼看過去，全是三角頭，又噁心又刺激。」她在桌子下面比畫著那些病人在顱腦手術後缺顱骨的模樣，一邊驚奇得直笑。我看了看她的手，她像我早先時候一樣，紅而自卑地團在膝蓋上。一望就知道那是沒有在戀愛的手，我想。我就笑了一下。

芬趴在桌上，冷冷地觀察別人。她也是那些穿白大掛被攔在教室外的人之一。她一定也沒能在病房裡發現她想像中值得誇耀的人和事。後排有人輕笑一聲，她立刻直起身體，不耐煩地說：「上課啦！不要隨便講話。」她是小組長。

老師在黑板上寫了第一行筆記：潮狀呼吸。呼與吸間隔變長，呼吸變深。

老師遊動著扁扁的手，做波浪起伏的模樣。這時，大家都靜下來了。這是我們中間的絕大多數人第一次聽見正式地說人是怎麼死的。我想起來小時候用盡全身力氣學鬼魂尖叫，叫得嗓子都毛了。

老師的手做出呼吸起伏的樣子，她的瘦臉上出現了一條奇詭而又平靜的笑紋。她教授我們觀察死亡，就好像給了我們與死亡共謀什麼的權利。也許劉島小時候也講過鬼故事吧，我突然想到。下次有機會時，我一定要問問他小時候聽了什麼樣的鬼故事。講鬼故事嚇人的人，他現在自己離死也不遠了。這簡直像是電影裡的故事一樣。

第二條：瞳孔散大，脈搏消失，心電圖像呈水平顯示，這是死亡的肯定證明。然後即可做屍體護理。

屍體護理：

第一步：打開門窗。

這是自然的，要不那股重症病人房間裡的爛蘋果氣味怎麼受得了。我翻開自己的手看，多麼漂亮的女孩的手啊，用它包屍體，倒是件浪漫的事情。

我想到，也許我會用自己這雙手去包劉島的屍體，他死在我的懷裡。他的桌頭小櫃上放著我買來的鮮花，我還從來沒有留意過鮮花，但我知道醫院外面，就有一家賣花的小店，擦得不怎麼乾淨的玻璃窗裡面，養著些鮮花，那是非常時髦的探病人的人，買來送病人的。但我想，劉島的床前應該有那樣的鮮花。他說最後一句話的時候，是對我說：「朵萊，我愛妳。」像電影裡一樣，我緊緊地抱著他，把臉貼在他的臉上面。「我也愛你。」我說。我想得心裡眞地難過起來，好像眼淚都要出來了似的。

老師在黑板上寫最後一條課堂筆記，是屍體護理以後，護士要跟隨太平間公務員，送屍體進屍房，並在死亡通知單上簽字。

教室裡的人這才鬆了一口氣，就像小時候摸黑聽完一個最嚇人的鬼故事一樣。中午醫院的食堂裡有蔥油蘿蔔，許多人都吃這道菜。芬在座位上放了一個很響的屁。自從全班都是女生，又學了點消化道構造，對自由自在放屁也就有了科學的放鬆態度，連老師都不覺得是對她的侮辱。只是芬自己臉上有點寂寞。她高高地托著自己被護士帽壓平的頭髮，她臉扁頭短，靠那點頭髮往長裡拔。

老師最後說了一些關於屍體護理和人道主義的關係，我不明白這兩者有什麼聯繫。她只要說到專業以外的任何內容，全都馬上搬出一副一本正經教訓人的樣子來，我最煩她這種振振有詞、但全都是屁話的樣子。我也努力放了一個響屁。不管誰，總不會跟要死的人過不去的，跟人道主義不人道主義，一點關係也沒有。

下課以後，回宿舍去，在醫院的花園裡，看到有病人一步一移地散著步，還做擴胸運動，覺得他們好可憐，死到臨頭了，擴什麼胸。

林小育說：「我要是長癌，保證就自殺。」

芬說：「算了吧！現在逞英雄。我的病房裡一個腸梗阻，二十四歲的男的，我去打針，他還哭。」

林小育又說：「我的病房裡有植物人，胖得太嚇人了，像發麵饅頭一樣。」她說著笑起來，可眼睛驚恐地瞪得好大。

第二天給劉島輸血，護士長讓我去。一步一步走向劉島的病床，他靠在新換過的枕頭上等著我，望著我，我和他都忍不住微笑起來。劉島的好幾根大血管果然都硬，而且沒有彈性，那些血管四周已經有了不少針眼，摸上去，像摸著些沙子似的。但我不能用腿上的血管，那是爲他化療準備的血管。劉島躺在枕上安靜地望著我，信賴地望著我，讓我心裡亂起來。劉島伸過手來，說：「還是扎手吧，這樣妳省事點。」那是極好聽又陌生的北京口音，果然有種細膩和爽朗。

我說：「那你太疼了。」

他笑了一下：「不要緊，我是個大男人。」

「不要。」我說。

「眞沒事，來吧。」劉島說，「妳心這麼軟，怎麼當護士啊。」

我的心軟嗎？我嚇了一跳，我以爲我是個惡毒的女孩子呢。

我在他手背上把針頭斜斜扎進去，但自己的牙床酥酥地酸起來，耳朵裡灌滿了生鐵刮骨頭的刺耳聲響，幾乎酸出了淚水。

總算有了淡淡的回血，我抬起頭來，發現劉島的眼睛疼得瞇了起來。我也跟著哆嗦了一下。

我連忙說：「我說過不要扎手上的。」

他轉過頭來，笑了：「我這人。」

「不疼了吧！」

「謝謝妳。」他又看著我，他眼珠眞黃。

「怎麼得了這種病？」我問他，一邊把一只病房裡自製的鐵絲架罩在他手上，再幫他蓋上被。這樣，手就不會涼了。

他說：「好端端的，牙出血，老出血。後來身上也有出血點，去檢查，就說得了白血病。」

滿心想著該安慰他，可卻說不出話來，便怔怔地看他，他先笑了一下，後來，就不作聲地看著我了。

我被他看慌了，就假裝什麼也沒發現的樣子，在他眼前晃晃手：「想什麼呢？」

他笑了笑：「生病也好，要不然整天在山溝裡，看不到漂亮女孩。」

我問他：「你怎麼在山溝裡？」

他說：「軍事祕密不能說。」

我說：「說說你們的大山又沒什麼關係。」

他笑著看我：「上海女孩會喜歡那樣的地方。很多樹林子，很多花，大山的頂上堆著雪。怎麼樣？」

「騙我吧。我聽見別人說，新疆苦極了。」我說。

「那才不一定呢。」劉島說。

我靠在劉島的床邊，和他說著話。直到西番尼突然出現在劉島的床邊，她說：「我等著妳呢，小姑娘，妳倒玩得高興。」西番尼以爲我接著該去給她輸液，可是根本就沒有她的藥水。她不相信我，自己跑去問醫生。

我眞恨她，這老太婆把我和劉島的談話給攪了。我只好跟著她回辦公室。

到下午，劉島有輸血反應，微微發起燒來。和劉島同房間的人來了家屬，護士長和我拿了屏風去，把劉島隔開。按理說，劉島很怕被外面的細菌傳染到的，他的白血球很低，護士長給了劉島一只口罩讓他戴上，可他總是不願意。我猜想他怕難看。我也勸他用口罩，雖然我心裡也不願意。劉島的臉燒得紅紅的，倒顯得精神煥發。我給他倒了水，想起小時候發燒時對白開水的憎恨，便輕輕問他有什麼飲料可調，他搖搖頭，說忘了去買。

我慌慌張張拿了錢就去買。

路過西番尼病室的時候，發現她又在大嚼蘋果。樓梯上碰見一個捧了整簍蘋果來探病的人，那些大紅蘋果像一朵朵巨大的紅花。

我飛奔過園子，一批今天新落的葉子在我腳下清脆地碎裂。一路上聽見有人說：「出事了出事了！跑得那麼忙。」

我砰地推開小賣部的門，震得門上玻璃嘩嘩響，黯淡的貨架上放著一些灰頭土臉的東西。我要了瓶橘汁，拿到手裡一看，瓶底沉著一些碎橘子瓣，汆江浮屍一樣。我趕緊還給售貨員。

走出來，站在黃燦燦的太陽裡，看見有個老頭捧了一捧鮮花走過來。我忍不住，左右一看沒人，混在進出大門的人裡面，從住院部逃出去。街對面有小菸紙店，裡面卻沒有什麼漂亮的東西。我又拐上另外一條街，總算買到一瓶果珍，是美國的進口貨。這算是最高級的飲品了。我一路往回跑，一路用衣襟擦著那鮮黃的瓶蓋。路過銀杏樹時，我把瓶子舉在手裡看看，眞漂亮！眞溫柔。忍不住旋開瓶蓋，捅破封瓶紙，瓶裡揚出一些橘黃色的粉末，立刻聞到鮮橘子的清新氣味，我趕快關上瓶蓋。

劉島的熱水杯還在冒煙。西番尼踱到劉島門口，指示他看腋下有沒有出血點，她手裡拿著另外一塊西番尼比畫著。我把她拉開，對劉島說：「不要緊的，肯定不要緊的。」我很兇地對西番尼說：「妳當心自己身體就好了。」

劉島那樣地對我笑笑，笑得我心往下一扯。我把果珍兌到他的杯子裡，發現他的匙子是很別致的銀匙，花紋裡黑黑的。他靠在床頭，一口一口把果珍喝下去，我看見一個眞正的男人的粗大喉節上下移動。劉島把喝完的杯子遞給我，果珍把他的嘴唇都染黃了，他說：「妳能在我這兒坐一會嗎？我床底下有個凳子，可從來沒人坐過。」

我拉開凳子坐下，他的手就放在我的旁邊，那是一隻大而細長的手，手背上有根血管輕輕在皮膚下跳動。看著看著，我突然感到讓這樣一雙手撫摸，絕不會再像英文老師的局促。因爲發燒，他眼睛裡蒙了層濕熱的霧。我伸手摸到他的手腕，他的手哆嗦了一下，吃驚地看我。我摸索到他脈搏，假意看看手錶，卻根本不知道那是幾分鐘。屛風擋住了金紅陽光，裡邊已經有了黃昏的意思，他手腕上沒有一點皮膚的光澤，摁在這樣的手腕上，我的手簡直能稱得上美不勝收。他輕輕伸過手來，把手掌覆在我手上，然後，捉小鳥似地把它握到他手掌裡，他的手指很涼，而手心卻溫暖軟和。他把我的手拉進被裡蓋起來。

我聽見自己聲音尖細地說：「脈搏很正常。」

他說：「今天像星期六，我好久沒感到星期六了。」

在被裡的那隻手好熱。

這時，我聽到走廊裡有送藥車的輪子聲，這才意識到，下午治療的時候到了。我把手從他手裡一點一點移出來，他的手指慢慢地劃過我的手心和手背，不捨得地摸著我的手，但並不硬拉著我，這讓我感動。抽出手來，我看到手背上有一道紅紅的壓痕，是劉島的床單縫壓出來的。像冬天在暖烘烘的被窩裡睡得死去活來的一張臉。我說：「幹完活再來看你！」鼻子尖能感覺到嘴裡呼出發燒似的熱氣。我走出去。

果然護士長站在做治療的小車旁邊整理她的口罩，我這才發現，她大多數時間都戴著口罩。把自己和別人隔開來。見我過來，她把一小條寫字紙塞進胸袋。我彎腰去推車，護士長看看我的手說：「妳護理完3床似乎忘了洗手。」我趕快跑去洗手，一腳踢到本來絕不可能踢到的廢安培簍，破碎的安培發出很響的聲音。我馬上擰開水龍頭，想蓋住它們的聲音，可水從龍頭裡瘋了一樣地沖出來，把我衣服的前襟濺得能擰下水來。慌慌張張洗完手，護士長看到我濕了的衣服，默默地白了我一眼，「小姑娘做事情粗來。」另外一個護士幫護士長說出來。我自知已經一塌糊塗，也就不再耍什麼無痛注射的技術，在打針時老實不客氣地把針像扎錐子一樣，向每一個臀部的左上或右上四分之一處錐下去，在注射的針頭扎進去的時候，沿途能感覺到許多肌肉纖維被我粗魯地拉斷。

那個和我同歲的男孩，皮膚又黑又粗，他用的青黴素已經在肌肉裡結了死硬的塊，拔出針頭來，我幫他揉了揉，他卻滿臉飛紅地趕快扯上褲子。

我說：「那你自己拿熱毛巾焐焐。」

他說：「唔。」

我從來就是這樣，把最好的東西省到最後吃，夏天的西瓜瓤，晚上燒得最爛的一塊牛肉，現在最後一個給劉島送藥。

走進屏風，發現劉島大變，一張臉英俊極了。他用沉沉的聲音說：「歡迎妳。」那瓶果珍，像蓬金燦燦的花兒一樣。

乘我遞藥給他，劉島拿食指小心地撫了一下我的手背。我扶起他來，或者說，我伏到他身上。他撐著自己的身體，把很燙的額頭抵住我，用他的頭髮癢癢地摩挲我的臉。我把裝藥的盒子塞到他手心裡，他卻連我的手一起握住了。隔著屏風，突然聽見有人走動，我掙扎站直了，只覺得一頭一臉的血管全呼呼地射著熱血。昏昏然回到配藥間，去洗手，鏡子裡我的臉像快睡著了一樣。洗完手，才發現忘了去西番尼的病室，她那格子的小白盒裡盛滿了五顏六色的藥片和膠囊。我連忙轉出去，西番尼手裡捧著冒熱氣的杯子正著急，接過我的藥，立刻攤在手心裡數起來，後來，很激動地抬起頭來，點著手裡的藥叫：「少了！少了！」

「沒錯。」我眞被她煩死了。活得連本都賺到了，還要怎麼樣呢？我感到自己哼地笑了一下。

她埋下頭去又數，突然出了口長氣，笑了：「眞沒錯，小姑娘。少數了一粒黃藥片。」

我再笑笑，拿起空藥罐，往她手上倒倒，再亮出底來給她看看，就走了。

下班時，路過園子回宿舍，滿園暮色淒迷，不覺有了種拍電影的感覺，好像冥冥中有個黑色鏡頭在沙沙捲著膠片。它正在拍攝一個浪漫的電影：一個護士學校的女學生，手裡拿著的不是碗袋，而是一本厚書，她愛上了一個癌症病人，在一棟老式有煙囪的白樓病室裡。我回過頭去看，九病室的白樓被西天飛滿的紅霞照亮，晚霞顏色雖然豔麗，但充滿了新鮮的寒氣。病房裡已經亮燈了，那些日光燈慘白慘白的，只有一盞燈是黃色的，那是廁所裡的燈。這時，廁所的百葉窗被推開，窗前千眞萬確站著劉島，不是電影。我能認出他那種肩膀有點扛著的北方人樣子。他突然長長地張開胳膊，向我揮動。我把手裡的碗袋嘩地扔到草叢裡，我忍不住要向他表示什麼，我一定是做了一個擁抱的手勢。

從此以後，我和劉島在人前不動聲色，默默交流著一些別人看不見的笑容和親熱，像一首詩說的那樣，我們的樹根在泥土下面緊緊相握。西番尼現在總抱著餅乾筒坐在走廊裡曬太陽。她喜歡迎住我的眼光，審查似地，同謀似地，然後無聲地笑一下。那天給劉島採血，發現護士長定定地看著我的手怎樣和劉島的皮膚接觸，像插進來的一支體溫表，但這種表情只有一分鐘，然後就消失了。

早晨化驗單來了，劉島的血像指標突然接近正常。紅臉醫生第一次拿正眼看我，說：「是妳做的？一定做錯了！」

我說：「我和護士長一塊做的，要麼是化驗間弄錯了。」

這時，發現他很譴責又很得意地看著護士長。然後轉身向主任抱怨說：「連血都弄不清楚，讓我怎麼工作？」

主任醫師看看護士長，護士長扭頭看了眼走廊，劉島正在走廊裡散步，他的步子有點飄，但脊梁筆直。她回過頭來的時候，順便看了我一眼，然後用不容置疑的寧靜聲音說：「絕不會錯。」

我從辦公室的長窗看出去，突然發現，這兒能把園子裡銀杏樹四周的情景盡收眼底，那就是我向劉島打擁抱手勢的地方。現在那個小湖上漂了不少銀杏的落葉，令人想起河裡引鬼歸墳的蓮花燈。中國有一千一萬個不好，卻有一樣好：環繞著鬼，有許多的浪漫故事。

晚上開始做一些和劉島有關的夢，在夢裡，劉島總歸是個看不大清楚的灰身人。我每天都早早洗乾淨上床，放下帳子以後，一切都是我的了。蚊帳像一個高高在上的，小而祕密的神龕一樣。我在放換洗衣服的草包袋上，吊了一個很小的椰菜娃娃，它長了一臉黃雀斑。我抱著自個兒的被子，想像著我和劉島的事，我們一定得找了機會在一起。我需要和他在一起，我需要他抱著我。我也需要抱著他。護理老師找我談過話，她向我宣布：「學校規定妳不要忘了，堅決不允許實習期間和病人談戀愛。」我很兇地說：「誰說的誰說的！說這種話要負責的！」護理老師說：「到底是怎麼回事，總會明白的，躲不掉，也賴不上。」我仍舊很兇地還嘴：「噯！」

但我心裡是驚慌而歡喜，大概夏娃吃禁果，也就是這樣的心情。

我閉上眼睛，就能看見我和劉島手拉手在太陽裡走，像白衣少女最後和她的白血病情人到雪地裡去玩的那個情景。人在緊要關頭，會變得多麼美好！我們這個架子床放在宿舍最靠窗的牆角，像電影裡特務接頭的地方。我的下鋪常常擠著些人說悄悄話。下鋪住著的同學是個大肚娘子，一天到晚嘴裡不停地吃東西，她的餅乾箱一開，香味道全飄上來。

這會芬在說她的男朋友：「妳們不要外面去瞎講噢！」她總是這麼開頭。然後，她得意地罵了一句，「那個壽頭，」她對全班每個女生都這樣說。於是，芬的男朋友壽頭的故事就變成了一個公開的祕密。我總不明白，既然芬能把他叫成「壽頭」，最傻最憨的人也不過就是「壽頭」，怎麼可能愛上他！連崇拜都沒有，怎麼可能愛。而劉島，是得了癌症的青年工程師，一個軍官，一個孤兒，從來沒有溫暖，就要告別人世，這不是比電影還要浪漫。

下鋪笑著鬧著打起來，把床搖得吱吱響。芬一直罵她們：「妳們要死！」我狠狠跺了下床板，下面還不靜，我就罵出來：「煩死了！」芬拉開我蚊帳探進腦袋來：「妳發相思病啦？」下面又譁地笑起來。芬得意地望著我，一副什麼也休想瞞她過去的樣子。我爬起來，跳下去，抓住芬，胳她的癢，旁邊的人連忙讓出地方給我們打鬧，她們一聲聲地叫：「加油！加油！」

芬很不講理，胳不過我，便用穿了鞋的腳來踢我，我的薄絨褲立刻被她踢髒了。於是我下手也就重了，林小育撲過來拉開我們：「好啦好啦，瘋死了。」她又幫我拍褲子上的髒。我說：「算了，換下來洗。洗澡去。」芬也從床上坐起來，理著頭髮，我忍不住又加了一句：「芬，妳這模樣像地主小老婆。」

大家譁地笑開了，算我報了仇。大家收拾了東西去浴室。到晚上，宿舍區除了住院醫生，就是我們這幫人了。樓道裡，響了一片我們穿著去公共浴室洗澡的硬塑料拖鞋發出的聲音。護理老師馬上從旁邊她的宿舍裡衝出來喝道：「這麼大的小姑娘拖鞋皮，像什麼樣子！」

是啊，這裡不是護校。

老師抓住芬，讓她回去換了鞋，再找一只塑料袋把帶去換的乾淨內衣褲疊好，裝在塑料袋裡，把拖鞋一對一地插好，放在旁邊，老師做完示範，對我們大家說：「這樣。」

在我們每個人的少女時代，都會遇到護理老師那樣的成年婦女，她們已被生活，鍛鍊成了毫不通融的道德專家，她們把一絲不苟的把毫無生機的生活方式半強制地傳授給了年輕的女孩，將她們心裡孟浪或者浪漫的念頭消滅乾淨。

我對那種生活方式煩得要命，因此，我和那些臉容堅毅嚴肅的中年婦女有天然的敵意。我草草地應付她，心裡十分惱怒，我故意將自己的花內褲放在塑料袋的最外層，而不像她所指示的那樣，藏到毛巾中央。

我們每個人挽一個臉盆，裊裊婷婷走到花園裡。醫院的職工浴室在花園邊上的平房裡。

迎面一輪黃得出奇的大餅月亮毫無詩意地在天上亮著，路上有淒淒惶惶的病人家屬急急忙忙地走向各病區通道。

在外間解衣扣時，我突然好像聽到了攝影機嗞嗞的轉動的聲音，一個戀愛中的女生，正在露出讓人渴望的身體。我心裡越發地急不可待。從來，對洗澡還沒有這樣著急過。小時候，每次洗澡我都殺豬般地叫喚。大了，到浴室去洗澡，沒一次覺得呼吸暢快過。今天不知爲什麼，這麼渴望熱水沖在身上，在背上流下來的那種舒服。外間開著氣窗，我們聽見牆下有人推著車吱呀吱呀地走過。林小育說，那一定是急診病人來住院。我忙忙地應付她，把髒衣服胡亂塞到塑料袋裡，一頭扎進蒸氣滾滾的裡間。滾燙的水兜頭澆過來，突然身體軟了一下，我忍不住「哇」地叫了一聲。我用的毛巾很硬很結實，不比芬軟多少。用它拚命揉搓肩膀和大腿，都有一點疼了。在燙燙的水裡面，我只感到渾身麻麻的，像有許多東西從身上剝開。

我已經有了和英文老師並不愉快的身體接觸，但在此刻那種不適和反感都煙消雲散，我竟又十分渴望與劉島擁抱，渴望與他手拉著手在林蔭道上散步。在渴望不能實現的時候，我只好去洗澡。從前，我根本不理解爲什麼芬她們把自己的身體像燙豬一樣的折騰，我總和林小育一樣，把水調得很涼，來抵抗別人那兒發出的熱氣。這次，我把大腿和屁股那兒搓得通紅通紅，旁邊的林小育奇怪地看著我，大聲對我嚷：「妳發神經了。」她肩膀上的水濺到我背上，涼得我背上立刻緊了緊，皮膚好像突然關閉起來。我忙把後背湊到熱水下面，對林小育堅決地說：「妳是個笨蛋。」

熱水滾滾地從頭澆下來，頭髮像張黑綢子一樣，貼在面頰上。渾身的皮膚都像最好的羊皮那樣柔軟滑薄，而且感到刺痛。浴室裡的蒸氣越來越濃，熱得透不過氣來，蒸氣的白色裡時時浮出一根紅紅的胳膊，或者腰肢，不知誰搓得紅紅的屁股上微微鼓起一點，解剖課上說過，那是人類到現在沒完全完成進化的尾骨。

林小育低低叫了一聲：「受不了啦！」就逃出去，我故意往她身上甩了些熱水，她燙得哇地叫起來，芬跟在林小育後面也出去了，她說：「王朵萊今天眞正叫興風作浪。」同學們紛紛洗完，關上水龍頭走了，浴室裡靜了下來。我卻捨不得離開，手跟著水流一遍又一遍撫摸自己的皮膚，這是個多麼柔軟的身體啊，要是劉島現在像我一樣摸著它，一定要愛上它的，也會像我一樣驚嘆。

林小育在外面直著嗓子催我：「王朵萊，就是汆江浮屍，也該浮過來啦！」

我忍不住笑，她這個老實人，有時候比喻卻用得好極了，我關了水走出去穿衣服。迎面看見一面霧氣蒸騰裡的大鏡子，裡面有條桃色的身體。那是芬。芬站在木條凳子上，腳下鋪著報紙，她剛剛穿上緊緊的桃色內衣，正在晾乾腿上的水氣。「我的天，妳眞白！」我忍不住叫了起來。

同學們都紛紛回過頭來看，女孩看女孩的眼光是世界上最不帶讚美的尖銳眼睛，她們之間互相的讚美和陶醉，常常只是想反射自己的光芒。大家紛紛地迎合。我擦乾身體後，也像芬那樣晾晾水氣。現在我已經理解，這不是原來猜想的，芬那種人不在乎赤膊讓人看到，而是因爲洗了太熱的水，一定得讓身體涼一涼，要不然太不舒服。裡間熱騰騰的霧氣翻捲著，從氣窗捲出去，空氣漸漸硬起來，背上的汗毛紛紛豎起，格外舒服。此刻，芬輕輕抖著乾淨的長褲，兩眼若有所思，十分溫柔，她一定在想她的男朋友吧。

鏡面上流下一縷縷水珠，那是面發黃的老式鏡子，背面湮出一片片薑黃色的水漬，我望著鏡子裡的自己想，如果人的習俗是不穿衣服就好了，衣服無論怎樣好，都比不上眼前這個身體。

我想，那時我當眞從一個青澀的女孩長大了一步，我懂得了一點女人在戀愛中的心情，那種對自己的欣賞和戀戀不捨。

我在那個心中焦渴的晚上去洗澡，並在醫院的舊鏡子面前像一朵水仙花那樣對自己戀戀不捨的時候，我想就是那個從女孩子蛻變出來的時刻。只是這麼一個重要的時刻，卻發生在平淡的，潦草的晚上，在遍地濕漉漉的職工公共浴室裡。

劉島又重新查了血像，還是接近正常。小個子醫生目瞪口呆地看著報告，卻愚蠢地做出大有深意的樣子晃著一張紅臉說：「噢，是這樣，噢，原來是這樣。」

護士長拿過他手裡的報告單，黏到劉島的病史上，接口說：「對啊，的確是這樣。」

紅臉更加紅了，護士長卻看看我，放聲笑起來。我連忙跟她一塊笑起來。

笑完，我到廁所給劉島寫了一個約會的紙條，告訴他怎麼到那地方。做成一個小團，趁做治療的時候塞給劉島。他定定地看著我，並不在意那條兒，我掐了他一把。

我和劉島在醫院是不敢停的，醫院四周也不行，公園又太俗氣，所以，我約他在郊區車站上等。那兒離醫院不遠，但除了趕著回郊區的鄉下人，很少有上海人中午會到這地方來玩。原先那兒是個天主教堂的廣場，現在敗落了，大概從前做教堂的大房子，是現在的候車室，廣場就是停車場，其他一片片紅樓，一塊塊園子都緊關大門。到了車站，我才知道自己把這地方選對了，就像一場戲有了好背景。天上瀰漫著一些黃黃的霧氣，滯留了夏天最後的悶熱，混沌的陽光正好把灰混沌的紅頂教堂以及教堂牆上天長日久的常春藤照得破敗極了。我獨自在長滿了野草的石子廣場上等著，不遠處停著郊區車，有人坐在車上打盹兒，沒有劉島。我不是芬那種斤斤計較小肚雞腸的人，我願意爲自己心愛的人去吃苦受難，不在乎自己先到約會的地點。

遠遠的，劉島來了，他的高瘦蒼白，他的肥大而筆挺的黃呢軍服使他顯得那麼漂亮。我向他撲過去。他接住我的身體，他身上醫院的那種來蘇爾氣味使我激動得發抖，他把頭埋在我肩膀後面，緊緊地抱著我肩膀。開始我以爲自己在發抖，後來才發現，眞正發抖的是劉島，像輸血反應的那種顫抖。我害怕起來，我摸索到他的臉，把他的下巴捧起來，讓他轉向我，他的硬鬍子扎了我的手，我突然想到芬曾經說過的，她的「壽頭」軟軟的，讓人發笑的鬍子絨毛。我特意再去摸了一下劉島刷子似的鬍子。在他臉上我摸到一片濕，是眼淚。他猛地把臉敲在我肩膀上，衝出一句：「我眞！」他似乎想再緊抱我一下，但卻愈發哆嗦起來，後來他的整個身體都倚在我身上。我扶著他，他卻掙扎出來摟緊我。突然聽到有笑聲，從劉島肩上看去，廣場上站著兩個小孩，手裡捏著癟癟的小黃花，興高采烈地對我笑著，其中一個長著倒八字眉毛。見我鑽出頭來，他們越發得意，倒眉毛尖尖地叫了一聲：「哦，我愛你！」

劉島轉過臉去，那兩個孩子望著他怔了怔，扔下手裡的東西，小螞蟻似急急忙忙跑了。劉島那張臉白得嚇人。

「他們是嫉妒。」劉島說，他這會兒，倒像一個讓人冷不防搶去棒棒糖的男孩，懊喪又憤怒。

我們互相摟著，向教堂更背靜的地方去。矮矮的黑竹籬笆圍著教堂，天長日久，不知被貓還是被小孩子掏出些大大小小的洞來，也不知有多久時間沒有往竹上刷柏油了，籬笆輕輕一碰，就發出乾朽的聲音來。透過籬笆，能看見裡面紅磚鋪成的小徑上積了許多年留下來重重疊疊的樹葉，覆蓋在上面是些白舊的陽光。

我過去撥拉了一下籬笆，籬笆竟嘩地裂出一條大縫，我探頭進去，柏樹森森，梧桐森森，都是些多年來沒人打擾的荒樹，園子裡散發出陰涼和辛辣的樹汁氣味。那條長長的紅磚小路雖然敗落不堪，但不知爲什麼，仍舊能感覺到它的莊嚴。劉島在後面抱住我的腰：「咱們走吧。」

我回過頭去，劉島沒來得及掩飾他臉上害怕的樣子，他連忙把身體貼在我後背上，玩笑著說：「妳眞像個男孩。」

可這裡不知有什麼東西深深吸引了我，我就是想要和劉島一起進去。於是，我轉過身去，在他臉上吻了一下。我還是不懂怎樣接吻，把整個臉全都貼了上去，幾乎憋死。他猛地抱住我，很快，他吻到了我的嘴，開始，他小心翼翼地碰了碰，他的嘴唇毛糙糙的，像兩片很粗的梨肉。我不由把身體往後仰了仰，他抱不住我，我們向後踉蹌了一下，就跌到了籬笆裡面。這裡充滿了死去的植物芬芳。

劉島站穩身體，怔怔地看了我一會，突然狠狠撲過來吻我，我的牙和他的牙「咯」地一聲撞在一塊，他嘴唇冰涼，緊緊吸吮著我的嘴唇，以致嘴唇移開時，有「嗦」的一聲響。我漸漸從與英文老師接吻的可怕經歷中掙脫出來，劉島有一種奮不顧身的勁頭，我心裡有溫暖的東西湧出來。我睜開眼睛，看見劉島正緊緊閉住眼睛，他那麼用力，像冷丁吃進去一口辣得不能忍的東西。

他緊緊貼住我身體，膝蓋一下一下地往前衝。我覺得自己馬上就要被心裡不斷湧出的東西淹沒了，就像淹沒在滾燙的水裡。我趴住他肩膀，我們一塊跌坐下來，彷彿是坐在一塊硬而平整的石塊上。

那一天，我整個青春所有遲到的吻和擁抱全都補償給我了，是落葉一樣多的吻和擁抱。劉島不再不安，他細細端詳著我，用他的一隻食指輕柔地在我臉上畫著我眉毛的曲線，咕噥地說著北京話。他說我漂亮極了。這話可從來沒人對我說過。他把手沿著我衣領悄悄蜿蜒下去，我昏頭昏腦地想起那面流著水珠的大鏡子。

臨回醫院時，我們互相摟著，沿著紅磚小道走了一遍。那些瘋長的高大樹木盤根錯節，樹幹上長滿青苔。樹底下有些墓碑，都是很老的石碑，被荒草蓋著。原來我們走進教堂後面的墓地來了，難怪劉島不想進去。在路上，我發現了一些彩色的碎玻璃，那是教堂碎下來的彩色玻璃窗。我拾了塊翠綠色的玻璃，說回去做個墜兒當紀念品。劉島又吻了我，我們又停下來靠在一棵樹上拚命地吻，吻得頭很昏。

回到我們原來的位置時，劉島臉色突然變了，剛才我們坐過的，原本是一塊墓碑。上面刻著一個外國人長長的名字，1904—1937，正好三十三歲。上面還刻著一行英文，劉島說，那是一句話：

此岸的人說，他去了。彼岸的人說，他來了。

劉島走過去，把那行字仔仔細細擦了擦，字上的金閃出些光輝來。這時我發現，他手上有一大塊紫血斑。

劉島四下找找，拔了些綠得很好的狗尾草供在碑上。

我去吻他的眼睛，讓他把眼睛裡那些傷心關上。我在心裡發誓一定要救劉島，像一個童話裡的女孩去救怪獸一樣，把劉島從白血病裡救出來。

當我們倆累得要命卻又容光煥發地回到醫院門口時，發現護理老師和護士長都站在住院部的那棵雪松前面。她們四隻冰涼的眼睛一齊盯住我的臉，那兒印著劉島一百次親吻。大家都沒說什麼，一起回白樓去。劉島對她們說：「有什麼找我說。」我拉住劉島的手。

走廊上，病人們的眼睛讓我覺得，他們在向我和劉島拋過來鮮花。我昂起了頭，大約江姐上刑場，也不過這樣。這時，我看見西番尼笑瞇瞇地把眼睛定在我敞開的衣領上，我針織衣服的尖領子向兩邊敞得很大，是劉島把它們解開的。護士長乘整理帽子，也把眼光伸進我的衣領裡，那就是劉島的手伸進去的地方。那十九歲得骨癌的男孩的眼睛裡充滿了明亮的淚水，坐在他的輪椅上，對我鼓掌。

老師把我揪到護士值班室裡，她說我眞是熱昏了，她說，「一實習就來不及地談戀愛，弄得大家都看不起妳。」

看不起我的人，也就是芬吧。我還看不起她。我想，當然，我什麼也沒有說。我自己揉著自己的手，而且小心仔細地觀察每一個指甲縫，魯迅說最大的輕蔑，就是不理她。護理老師自以爲是地叨叨個沒完，我終於發現，她憤怒的並不是我談戀愛，也不是和病人談，而是和一個死到臨頭的白血病患者談戀愛。因爲這事浪漫得太不近情理。她說：「妳是二十八歲還是三十八歲？嫁不出去啦！小姑娘，不挑個三個、四個，就馬上談戀愛，倒比老姑娘還心急呢。」

最傻的是我的老爸老媽，通過這一次，我才知道，他們是本分人，但也並不在乎校規不校規，而是癌症病人嚇壞了他們。

我星期六一回家，在廚房裡洗東西的媽媽就一把拉住我的胳膊，把我直接拉到樓上房間裡，爸爸正在八仙桌邊上隆重地等著。媽媽掩上門，爸爸站起來，再一次關緊房間門，才開始說劉島的事。他們不願意讓鄰居們聽到我愛上了一個白血病人，裡面也有怕嚇到王家姆媽他們的意思。我想，同時還有怕他們笑話我神經病的意思吧。媽咬咬牙，不惜血本似地說：「如果他是斷手，妳眞喜歡，也就算了，可這種病，這種病將來不要拖死妳嗎！」爸說的話更奇怪，他一本正經地說：「妳姆媽指望妳將來能嫁到好人家，過上好日子，我要求比較低，但是，至少我女婿將來可以每個月幫我們去買一次大米吧。」

我鎮靜地走來走去，什麼也不說。我跟他們大家，全都沒有什麼好說的。但是我鬥志昂揚。有一次在病房裡，那個十九歲男孩問我知不知道十二月黨人妻子的事，我說知道那麼回事。他突然很激動地說，在他眼裡，我和她們一樣，是偉大的女性。而和劉島同房間住的老頭，本來他總把家裡帶來的菜分給劉島一些，算是對他的憐憫，現在他連菜湯都不給劉島喝。我就乘中午吃飯的時候，出去買了一枝扶郎花給劉島。老頭子永遠得不到這樣的禮物，我要氣死他。

劉島有時悄悄向我送一個吻，有時乘我送藥時，悄悄用手指搔我手心，他像個快樂的小夥子。

那天來了大風，大風趕走了滿天的雲，天突然變得像夏天一樣藍。大風和大太陽，使得銀杏葉落得像下大雨一樣。我跟護士長做完治療，又一塊去洗手，現在我一點也不怕在她面前伸出自己的手。

我有一雙戀愛中的手。護士長也看著它，像她這樣聰明的人，一定也懂得看我好看的手。她是聰明人，但她不一定懂得做人，一副小姐脾氣。我聽說她和紅臉醫生勢不兩立，是因爲她看不起工農兵大學生。更重要的，是因爲紅臉醫生是鄉下人。她看不起鄉下出身的人，所以我猜想她也不一定看得起劉島，劉島雖然不是鄉下人，也是個貨眞價實的外地人。因爲紅臉醫生的鄉下出身，所以看不起他，對紅臉醫生是最大的侮辱，他們就這麼結下了深仇大恨。紅臉醫生就藉了醫生的身分欺負護士長，擺明了要壓她一頭。

突然她輕聲嘆了口氣，說：

「我吃力死了。」

當然，我有點受寵若驚，我問：「幹嘛？」

她說：「昨天我看書看到兩點鐘。」

我說：「眞用功。那天妳把書放在抽屜裡，林醫生還翻了呢。」

她轉過臉來看了我一眼，兩隻手不停地互相揉著，用女孩子想要氣人時常常會用的安靜而調笑的口氣說：「獨怕他還眞看不懂，還要強調他是用英文草體寫的，阿爹伊拉娘。醫囑上那幾個字狗爬一樣。」

我連忙說：「一隻驕傲的大公雞，像眞的一樣。」

護士長噗地笑出聲來，打了我一下：「要死！」她又說，「3床血像突然好起來，眞給了他一記響亮的耳光！假使我是醫生，才不會對這樣的情況目瞪口呆。」她停停又說，「妳眞跟3床好了？」

見我不說話，她輕輕地從我領子上摘下根落髮，扔掉，說：「我可不是風化警察，這點妳儘管放心，我是爲劉島好。我是懷疑，根本就是公雞誤診。」她說著朝我擠擠眼。

我忍不住笑了起來，她也笑笑，說：「如果劉島還有性交能力，就能提出全面複查，推翻原來的判斷。」她說著，眼睛都亮起來了。而我卻想起公雞看到護士長抽屜裡的書時說過的話：「想跳槽！沒有那麼容易吧，這種資產階級思想嚴重的人，做護士長都不應該。」階級鬥爭實在是太複雜了，我怎麼搞得清楚。她問：「他就有救了！妳說他有嗎？或者說，妳估計他有嗎？」

我覺得好噁心。我搖搖頭。她把我和劉島想到哪裡去了！

在心裡我恨她，我感到她把我弄髒，我一直痛恨著這樣把我弄髒的人，她還想利用我去和鄉下醫生做對，她可眞是毒辣。

但是同時，這談話也刺激了我。我的全身都感到劉島的存在，劉島的愛情和氣息。教堂墓地裡的情形在我眼前重現，我心裡湧出一種極強的願望：我立刻就想撲向劉島，緊緊擁抱他。那欲望越來越強烈，我很響地嚥了口唾沫。護士長抬起眼錐了我一下，循循地引導說：「鄧肯曉得哦，鄧肯有一次很想要個孩子，她就躺在沙灘上等著，等到了一個她喜愛的青年，她就和他發生了性關係。鄧肯就這樣生下了一個孩子。我有時覺得，鄧肯這樣的人很瀟灑。」

我不搭腔。辦公室裡聽見熱水汀裡面呼嚕呼嚕地響，鍋爐房在試暖氣，冬天就要到了。

護士長突然「啊」了一聲，說：「說話說忘了，趕快去消毒間換針筒。」

她找來一個大籃子，我們把髒針筒和針頭收拾好裝進籃子，我跟她一塊送過去。下樓梯的時候，見我用手摸那些木頭把手上的雕花，護士長說：「解放前，這樓專門給肺結核病人住，那時候還沒有雷米風，肺病和癌一樣，只好住在這裡等死。」說著她點點走廊盡頭那總是緊關著門的房間，「那兒老早是小祈禱室，省得他們到教堂去傳染別人。現在正好做重症病人的單人病房。」

過了園子，護士長領我走進一條弄堂，旁邊有扇很高的棕紅木門，推開門，屋裡白霧團團，充滿了熱騰騰的怪味。護士長把籃子放進去，別的病房的大籃子也差不多排成隊了。旁邊的地上堆滿了換下來的病員服以及床單被套，像一大堆令人噁心的死屍，它們散發出各種各樣的爛水果氣味，被白霧浸得濕漉漉，軟塌塌的。這時，大屋裡發出一聲厲吼，緊接著，一團團熱騰騰的白霧滾滾而來，充滿整個房間。這屋子眞像白雪公主裡巫婆煮藥的大鍋，也許眞是這樣，裡面也煮著一個鮮紅的毒蘋果。我忍無可忍地逃出去，弄堂裡霧氣蒸騰，水泥路也濕了，牆內的大鐵管還往外噴著暖暖的臭氣，這時候我突然意識到，全世界最髒的地方，是醫院的消毒間。

護士長挽著空籃子從門裡夾裹著霧氣走出來，她朝弄堂深處看一眼，霧團貼著路面向深處滾去，那兒有一扇灰鐵門。她點了點那門，說：「那就是太平間。」

我說：「噢。」

寒流很快過去，藍天麗日的，好像又暖和起來，病房裡開了暖氣，上午的陽光一照，到處都暖融融的，讓人直想裙子嘩嘩碰在腿上的滋味。劉島穿得精精神神地站在樓上走廊裡。我路過他，去給男孩做肌肉熱敷時，劉島抓住我的手肘，悄聲說：「下班咱們出去轉轉吧。這麼好的天。」我歡喜地點點頭，看走廊裡沒人，他將身體迅速地貼緊我。那熟悉的哆嗦，像風一樣吹過我的脊梁，我心狂喜地跳起來。我相信，這會兒在寫字桌前看書的護士長一定看到了我們的小動作，我也相信，她絕不會聲張。

下班吃完飯，在大庭廣眾下洗了腳，上了床，下了蚊帳，我又裝做上廁所的樣子，趿著鞋衝出去。我到廁所裡面匆匆打扮一下，就順利地溜出護士宿舍，又溜出醫院大門。劉島正在汽車站的暗影裡等著我，街上路燈暖暖的，沒有行人，也沒有風。劉島像貓一樣縮著鼻子聞聞，說：「多好聞，冬天的味兒！是我家鄉的味道。」那一天，我才知道劉島眞的是北京人，北京那地方很冷，天很藍，冬天大家都吃冰糖葫蘆。

上了車，劉島高興地向我晃晃手裡的粉紅紙片，我縮到他懷裡，他身上的氣味使我頭有些暈起來，「舞票？」我問。

劉島怔了怔，說：「不是，是滑稽戲。不好嗎？」

「好。」我說。但我心裡一愣，那是市民最喜歡的地方戲，婆婆媽媽才去看那種東西。

這時我聞到了劉島嘴裡的氣味，一股不太好聞的氣味。他的胃裡有太多的藥，藥的氣味都從消化道裡反上來了。我把頭轉了轉，避開他的嘴。

街上沒人，人行道的背靜角落裡，掃街的清潔工在燒成堆的落葉，火焰彤彤紅，火星乘著向上的熱空氣直直地飛上半空，像蛇一樣。不知爲什麼，我被這從小看慣的情形感動了，我重新靠到劉島懷裡。劉島攬著我肩膀，我準備好迎接一雙涼涼的手，而觸到的，卻是他暖和鬆弛的大手掌。

車到了站，劉島從車上蹦下去，一定跳疼了腳，他單腿在人行道上跳了幾跳，像隻細長腿的大鳥。有個做晚鍛鍊的老頭一路倒退著走過來，他忙忙地躲開劉島，嘴裡哎喲哎喲地叫。劉島嘿地笑了出來，在路燈下，他的臉變得年輕、淘氣。我突然想到芬的壽頭，這個聯想，當然使我很失望。

劇場裡很暖和，也很擠，過道上有人勾肩搭背地走路，緊緊摟著彼此的腦袋。我卻怎麼也不喜歡這樣的走法，一看有人這樣，我就想起小時候，野小鬼們一塊走路，就勾肩搭背，他們嘴裡還喊著：老交老交，屁股燒焦。劉島也學著別人的樣子，把手搭到我肩膀上來，一個凄婉的癌症病人絕不該這樣子！我想，這簡直就像小青年在談戀愛。好在我們的座位就要到了。可座墊有個彈簧直直地從座位裡挺出來，坐下去便咯咯地響。

劉島四處張望了一下，看別的女孩子都在嘴裡噼叭噼叭地吃著瓜子，別的男孩都殷切地走出走進，侍候他撒嬌的女朋友，他也一定要去買瓜子。可我根本看不起那種假裝嬌氣的小女人。我不要他去，他以爲我客氣，反而一定要去。他不光買了瓜子，還買來了話梅。我選了話梅吃，劉島撕了半天裝話梅的塑料袋，卻怎麼也撕不開，我急了，用指甲挖破薄薄的塑料紙，被拉長的塑料紙像一團極細極軟的頭髮，緊緊貼在我手指上，甩了半天才甩掉。話梅一到嘴裡，無比地鹹，完全就是一塊鹽。我「呸」地一聲把它吐出來，吐出來以後，嘴巴還是鹹得要命，劉島手足無措地叫：「這是咋搞的嘛，這是咋搞的嘛！」旁邊的人立刻用白眼看他，這種小市民最會欺負外地人，果然那人說：「外地人也來看上海滑稽戲，這個鬧猛軋得結棍。」

走到出口處的大紅帷帘旁，一撩就走出去，才發現自己卻一頭撞進一塊舊髒的黑帷帘。紅帷帘已經在身後迅速關合，潮濕的大布充滿陳舊的灰塵氣味，緊緊裹著我身體，特別是我的頭，什麼都看不見。我拚命撥拉，想找到出口，可越撥拉，四周越黑，有什麼東西隨著撲撲的灰塵一起落在我臉上。從小我就怕被關在一個又骯髒又黑暗的窄小地方，我幾乎要大聲喊叫起來，我好像被埋起來了，透不過氣來，看不到光，於是，我更加拚命地撥拉那些髒布。

這時，我突然清晰地聞到了藥水肥皂的氣味。那種濕漉漉的難聞氣味，是從英文老師在某一個夏天晚上洗過未乾的頭髮裡發出來的。我突然體會到，其實那就是一種平庸勤勉、小心翼翼的現實生活的氣味，緊接著，英文老師暗暗浮腫，被歲月腐蝕的臉出現在黑暗之中，我突然發現，其實，劉島和英文老師的臉有著非常相似的骨架。是否劉島也會在一個白血病人的奇妙外殼裡埋藏著一個與英文老師相同的平淡無奇的內涵呢？想到這一點，我眞地慌了。天知道劉島怎麼會想到來看滑稽戲的！

突然，幕布嘩地鬆下去，門廳立刻出現在我面前。門廳裡燈光昏黃，領票員坐在一張看上去又硬又油膩的椅子上，毫無表情地看著我。我轉身翻動帷帘，卻沒發現裡面有什麼黑布。這時，舞臺上突然燈光齊明，舞臺上出現了一棵做得讓人不想再和它計較的惡俗柳樹和一輪黃色的巨月。臺下已經到處是瓜子殼了，踏上去窸窸窣窣的，不乾不淨。

這時，我突然感到驚慌，可說不出爲什麼，驚慌得我連忙嗒著鹹苦麻木的舌尖跑回座位。

我恨死了庸俗的滑稽戲，而劉島卻張著他的嘴，努力想聽懂那些油腔滑調的上海話，他忠心耿耿地跟著臺上的演員大笑特笑，就是聽不懂，看到別人都笑了，他也馬上陪著一塊笑。眞蠢啊！還用手拍打我的膝蓋。我卻聽見心裡無法阻止地格格生長著的失望，它枝條茂盛，毫無節制地迅速攀滿我的心。

好容易堅持到散場，天突然變了，狂風大作，凍得我鼻子都酸了。劉島默默看著我，他知道我從頭到尾都沒笑過一次，也沒說過一句話，但他不知道他什麼地方做錯了，只好小心翼翼地在身後跟著我。男人不知怎樣來討好生氣女人的樣子，也是一樣地不得要領！我冷得哆嗦了一下，他連忙把外套脫下來給我披上。在他衣服上，我又嗅到久住醫院的人身上染上的消毒水氣味，我聞著這熟悉的氣味，心裡酸酸的，那個醫院裡悲劇的劉島到哪兒去了？

空落落的公共汽車停在醫院那一站，我把衣服還給劉島，讓他先進門，他高大威武地走進住院部，消失在拐角，從那兒傳來一聲聲勢浩大的噴嚏。我大大地鬆了口氣。

我沿著他走過的路慢慢往宿舍走。夜晚冷凜徹骨的空氣裡絲毫沒了秋天的芬芳，說變就變。我軟軟地走回去，路過消毒間時，那時仍舊大霧大煙，嗬嗬作響，巫婆大鍋日夜沸騰著。我一路想到，愛情也許是一種極其疏遠才能產生的美好感情。

走廊裡靜悄悄的，同學們都睡下了。實習的宿舍，我們全班三十幾個人都睡在一間大房間裡，能聽到有人在打小呼嚕。每次聽到這種小呼嚕，我都會想，將來結婚了，讓她丈夫聽到，小姑娘居然會打呼嚕，她還有什麼臉見人。這次我還是這麼想。我剛想拐彎進去，突然，護理老師房間的門打開，燈光像一條白布似地落到走廊的地板上，老師嚴正地說：「王朵萊，進來！」

我走進去，老師坐在一絲不亂的被裡，像尊廟裡的金剛。她說：「妳又違反校規了，妳又違反校規了！」

我不說話，老師惱起來：「妳怎麼這副樣子！」

我說：「我又不是存心的。」

老師敲了一下被子：「是別人劫了妳去嘛?!豈有此理！上學期我不給妳好分數，就是有道理的！」

還是不說為妙，我心裡眞有被人劫了去的懊喪。我沒想到劉島和看滑稽戲的上海庸俗青年沒什麼兩樣，甚至比他們還要起勁。但老師那副教訓人的樣子更讓我討厭，我就偏不認錯。

老師說：「我早勸過妳了，不要在病房裡談朋友，妳眞是鬼迷心竅。我老實告訴妳，不要以為老師只是勸勸妳，聽不聽是妳的自由。妳還是護校的學生，到實在不知悔改的時候，總有辦法處理妳。」

我也急了，說：「我又不是流氓，怎麼處理?」

「妳就這點點覺悟水平吶！這樣下去，也和流氓沒差多少。」老師厲聲喝道。

我心裡怒火萬丈地大罵老師是十三點、豬頭三、壽頭、老姑娘，但緊閉著嘴不說出來。我知道和老師當面頂不得，就像對爸爸一樣。「心字頭上一把刀，妳就忍了吧。」我對自己說。

老師得了上風頭，心也平了，她恨一聲：「妳這種小姑娘，看看蠻聰明的，其實笨得要死！妳眞正是自己把一朵鮮花插在牛糞上。」見我還不說話，她就說，「回去想想，明天再談。」我趕緊從她房間裡竄了出去。

寢室裡黑得要命，充滿了女孩子的暖融融的氣味。比起窗外的大風，這兒整個就像一床又軟又香的大被窩。我爬上自個兒的床，飛快地鑽進被窩，心裡才妥貼下來。突然想到很小的時候，我生過一場大病，媽在三輪車上抱著我，我滿頭滿身都裹著大被子，只露出了一個鼻子，去醫院看急診。雖然燒得昏昏倒倒，但心裡卻一片清涼。我想，一直當小孩子就好了，用不著煩長大的心事。

第二天到病房，發現劉島的床已經空了，後來他下半夜發了高燒，住進危重病房了。劉島原先的床邊，只有我那枝要謝的扶郎花還留著，開始乾焦的花瓣顯出一派敗相。我在危重病房裡看到劉島時，他正躺在床上昏睡。他的臉重新變成灰黃的灰塵顏色，脖子上淋巴全腫起來了。下午病勢更重。護士長把急救車都推過來了，急救車輪轆轆作響的聲音剛停，西番尼就突然擠到我身旁，她的眼睛放射出深深的興奮和愉悅，以致兩頰像小姑娘一樣紅彤彤的，嘴裡呵呵地叫著：「救不了囉！救不了囉！」

我回頭白了她一眼，她竟一點也不覺得，仍舊津津有味地擠在一邊，打量著護士長急救車上的亮晃晃的各種針頭，從嘴裡噴出一口酸酸的爛蘋果氣味：「白血病就是癌呀！他臉上那種顏色就叫死人白。」

我走進病房，把門在西番尼鼻子尖上碰上。護士長撩開劉島的被看了看導尿管，我才發現為了治療，劉島已經被脫光了。他的身體醜極了，就像一件沾滿污物的白衣服那麼醜，而在死白精瘦的胸前，卻出奇茂密地長著鬈曲的汗毛，那些汗毛黑得出奇。我一下子想到了爛蘋果裡滲出的晶亮汁水。就這樣，我看到了世界上最醜的東西，那是一個人馬上就要死的身體。那個情形像釘子一樣，猛地一下，就扎進我的眼睛。

護士長早就合上了被子，示意我過去幫忙。我勉強走過去，護士長示意我幫她打開手術包，裡面是一套靜脈切開的用具，細毛筆桿粗的針頭裡套著一個小針頭，用粗針刺進皮膚，再抽出來，把小針頭留在靜脈裡，供每天輸液用，這樣可以不要老扎那些硬化的靜脈。

我用酒精給劉島的頸部消毒，僅僅一天，劉島的皮膚已經變得乾軟，濕棉花在他脖子上搓下一些白色的灰球。他的皮膚就像我小時候不小心在後院暗處碰到的鼻涕蟲，滑膩膩的，有說不出的骯髒和死氣，我哆嗦了一下。

護士長從大口罩裡說：「妳把靜脈兩端壓住。」我屏住一口氣，將他脖子上的靜脈兩端壓住，讓靜脈鼓起來點。他的脖子軟綿綿的，按下去，只感到皮下那些腫大的淋巴結嘩啦啦地向四下遊移開去。護士長在微微突起的靜脈四周注射了一些麻藥，接著，把大針頭向靜脈扎下去，但那尖利如刀的針頭卻扎不進皮膚，那皮膚跟著針頭一起往前擠去，皺成一個小球。護士長再用力，針管裡滲出一顆近乎粉紅的血滴。這時我嗅到從劉島身上，或者說從他被子裡蒸出的一股暖烘烘的，極其強烈的爛蘋果氣味。那氣味是如此酸腐，我禁不住乾嘔了一聲。我手一鬆，劉島的靜脈一跳，就看不見了。護士長看了我一眼，停下手來。

我憋得滿眼是淚地說：「太難聞了。」護士長什麼也不說，就看著我。我知道沒有退路，於是擦掉眼淚，又下手去找那根靜脈，它像長滿青苔的石頭，在皮下滑來滑去。剛才那個針眼還在緩緩滲出些粉紅色的水。那個情形眞地太可怕了，我忍不住自己的噁心，又乾嘔了一聲，但這次我知道自己非得按住那根虛弱的靜脈不放手，如果我想早點離開這間屋子的話，所以我緊緊地按著劉島的脖子，都能感到他喉嚨的顫抖。

護士長又往裡用力扎過去，這時，劉島突然大聲呻吟起來，那是種如羊叫、如貓叫的細細的慘叫。我兩腮的汗毛頓時直豎起來，嘴裡布滿酸味，護士長卻仍舊不動聲色地猛力扎進去，皮管裡突然開出一朵黑紫色的細長花朵，靜脈找到了。護士長開始往外拔大針頭，可劉島的皮膚又緊緊拉住針頭，脖子上的皮膚被拉得吊了起來，這時，劉島突然張開眼睛大聲呻吟：「我疼，我疼吶！」他眼白發黃，而眼黑卻發白了，我從來沒看到過這樣醜陋的眼睛，想到這身體曾緊緊貼過我的，我禁不住往後一閃。

這時我看到，在黃昏的走廊裡，危重病房門口那盞紅燈照亮了西番尼興高采烈的雙眼，我眞嚇呆了，完全嚇呆了。

終於等到了下班的時候，我可以離開病房了。爲到花園斜角的亭子裡去買飯菜票，我繞了條遠路，沿著園子的籬笆牆走了大半圈。每個人都有自己拿主意的方式，我的，就是以做件小事爲目的，慢騰騰地走一走。園子裡寒氣逼人，一個老公務員在燒掃成一堆的落葉，使園子裡到處都是樹葉被燒焦的清香。透過一層層硬硬的樹幹，隱約能看見火光。走到銀杏樹和小湖那裡，我忍不住又回頭去看白樓。白樓裡燈光通明，廁所的窗關上了百葉，在牆上像個扇子面。劉島今天不可能再站在那兒目送我了。我站在那裡看著，冷得直打哆嗦，天正在很快地暗下來，四周的樹木房屋隨著暮色而變得模糊，彷彿這全是夢裡的情形，連同我到醫院來實習。也許醒來，我還是獨自躺在滿是苔條麻花氣味的護校寢室裡，什麼都沒有發生過。我知道，我的心裡希望一切都像沒有發生過。

在食堂端著買好的飯找座位，我看到護理老師也在吃飯，我頭頂熱了一下，感到一個絕好的機會突然撥開迷霧見太陽一般地出現在我面前。那機會好得我都不好意思去利用它。我仍舊很快地向外走，端著燙得很適意的碗，一邊高聲對旁邊的同學說了句笑話，她們果然嘎地笑起來，這樣，食堂裡的人都朝我們這邊看過來。護理老師果然也站起來，她舉著筷子對我劃拉著：

「王朵萊，妳過來，過來！」

我遲疑了一下沒過去，也許所有人都認爲我在抵抗老師。她急了，嚴厲地瞪著我。我這才一步一步地走過去，在路上踢到一塊骨頭。護理老師「呼」地喝了一口湯，說：「想得怎麼樣？」

我的臉眞紅了，捧著飯說不出話，好容易才說：「眞要給處分嗎？」

護理老師有些惱怒又有些神氣地說：「看樣子不會和妳說著玩吧。」

「如果我改正了呢？」

「怎麼改？」

「你們要我怎麼改？」

「斷絕一切關係。」護理老師又「呼」地喝了一口湯，她拿眼睛盯著我，遮蓋不住終於要將我壓服的狂喜。

「非得這樣？」我問。

「非得這樣。」

「斷絕關係以後，前面的事就一筆勾銷了？」

「當然。妳應該相信老師。」護理老師臉上出現了種奇怪的生硬的表情，在以後的歲月裡，我明白這種表情就是成年婦女將一個不馴服的靈魂終於壓入生活軌道時的疼痛而欣喜的表情。在此刻，她的心裡也有關於人生的一些感慨。

「那我，就跟他算了。」我的聲音很輕，輕輕地飄過去。

護理老師臉上光芒四射，隔著桌子伸過手來拍拍我面前的桌面，卻正好拍在一塊誰不小心掉在桌子上的凍豆腐湯上。她說：「這才是正確的態度。迷途知返，總是好的。」

我看著在碗裡被湯泡得脹起來了的飯粒，說了一句本來是我最痛恨的話：「看我的行動好了。」我以爲會聽到鬼哭狼嚎，我是如此地虛僞，怎麼會不遭天打五雷轟?!可什麼也沒有，只是腳凍得不能動了。

老師站起來說：「飯太涼了，算了，我們一塊到外面吃麵去。」

老師和我並肩走出去。凜冽的冷氣噎得我說不出話來，老師緊緊抿著嘴，把她的嘴唇都閉紫了。

經過消毒間，消毒間像死似地無聲無息，一絲霧氣都沒有。昏黃的路燈短短地照亮那條夾弄。燈影後面，就是太平間，那裡飄過來些爛蘋果的氣味，眞令人作嘔。我想起劉島那個不會流血的粗針眼。

老師感覺到我朝她靠過去，於是她伸出手攬住我的胳膊，並把我的胳膊夾進她硬硬的腰間，感慨良多地說：「老實說，像妳這樣的女孩，我覺得要好好挑他幾個，才定得下終身呢。小姑娘談朋友，是一輩子的大事。妳現在還不曉得這件事的嚴重性。」

路燈白慘慘地照著老師的臉，寒風陰陰地四處浮沉，街上的行人都縮著頭往家趕，我又看見昨天的車站。我和劉島在那裡下了車，我的衣袋裡還留著那包他買的比鹽還要鹹的話梅呢，現在已經是物是人非。

我和護理老師去了車站旁邊的慶豐飲食店，飲食店的門上掛著藍色的棉門帘，完全是過冬的樣子了。棉帘子最能擋風，所以店堂裡面很暖和，充滿了香蔥的氣味。我們找了一張擦乾淨的方桌坐下來，我和護理老師都小心地不去碰桌子，因爲我們都學過護士，曉得少接觸，就少感染的道理。賬台後面的牆上掛著些紅色的塑料長牌子，上面寫著點心的品種和價錢，有麵和餛飩，早市的鮮肉大包、菜包、生煎和大餅、油條、豆漿的牌子已經翻到背面去了。護理老師爲我買了餛飩，卻不收我的錢。我一直愛吃又薄又軟的小餛飩，清湯上面漂著些蔥花。又熱又香的蒸氣熏軟了被冷風吹硬的臉，熱呼呼的，柔軟的小餛飩沿著食道落到身體正中的胃裡，像太陽一樣，溫暖了身體的四面八方，一個人漸漸就有了著落似地安下心來。我想起來王家姆媽的雞湯，還有在我家附近街上飲食店裡的小餛飩的味道。我家附近那個飲食店裡的小餛飩，比這裡地道，湯裡還有榨菜末和蛋皮絲，好看得很。

店堂裡只有一個胖胖的阿姨在招呼客人，送麵和餛飩，收髒碗，抹乾淨桌子，她高高挽著袖子，長著一張像羊一樣善良的臉。我突然想，大概這個人不會像我這樣殘忍地對待劉島吧？我一點也不善良，我想了一遍我們班上的同學的臉，她們也都沒有長著這樣溫暖和善良的臉。我突然懷疑，一個女孩在年輕的時候會是善良的嗎？我就不是。當我青春煥發的時候，我的心很殘酷，我想，要是劉島沒有病危，經過了去看滑稽戲的晚上，我大概也不會跟他好了。想到他病危時候的身體，我噁心地打了一個哆嗦，我肯定不會跟他好了。我最好再也不要見到他了。善良的表情總是出現在比較年長的女人的臉上，雖然那時候也會有人長得像護理老師這樣嚴厲，但也有人像胖阿姨這樣地善良。可是女孩子的臉，只是純潔和殘酷。

第二天早晨，上病室樓梯的時候，看著我已經熟悉並且開始從心裡厭惡的走廊，白藤桌椅一一從樓梯盡頭升到眼前。我眞想念防毒面具。

剛去準備早治療，電話響了，護理老師要來找護士長。護士長放下手裡的東西，讓我去給劉島換補液的藥再給他做次口腔護理。

劉島的血像仍舊正常，炎症也已經控制住了，眞讓人驚奇。他躺在一堆爛蘋果氣味裡，用黑得要命的眼睛向我溫柔地望著。而我卻打起哆嗦來。一天一夜沒進食，他嘴裡長出一些白色東西，爛蘋果氣味！我的臉早在大口罩下皺成一團，這樣的嘴，它曾經吻過我。他費力地伸出手，用一隻食指輕輕撫摸了一下我手背，說：「想妳。」

我跳起來，把他的手一推。他的手像個東西似地落在胸前。

我慌了，不敢看他，只是說：「快張嘴，3床。給你做口腔護理。」

他大大張開嘴，我屏住呼吸給他在嘴裡擦了一遍。他這次沒碰我，只是說：「我不知道那話悔不好，我從來不吃零食。」

我忙打斷他，說：「快休息一會吧，別說話了，護士長等我呢。」說罷，捧著髒棉花逃出來。

剛關上門，就看見護理老師和護士長憤怒地在護士辦公室門口等著我。在她們身後，玻璃窗外，那棵銀杏樹在寒流的太陽裡金光燦爛。她們說我道德敗壞。護理老師對自己昨晚上用餛飩獎勵我，悔得盲腸尖都青了。她說：「好事也不能妳一個人全占了。」她又說：「妳不能壞了良心！」

下午，劉島又開始發燒，發炎的淋巴漲潮似地到處鼓起來，而且出鼻血，塞止血棉，不流了。一拿開，又流出來。劉島的白血病迅速惡化，3尖杉都沒用了，紅臉醫生又開了張醫囑，在桌面上推到護士長面前，讓護士長幹去。護士長從血庫裡領了血來給劉島用。她仍舊不動聲色，但不知從她身體哪部分顯示出來，我感到她氣得想殺人。

劉島拿濕淋淋的眼睛央求地看著我，我直往護士長身後躲，但還是不能忍受。等幹完活，護士長拿了東西走，我忙說：「3床，有事打鈴。」跟著護士長跑出去。

走廊裡站滿了病人。他們圍在西番尼四周。用陰慘慘的眼睛瞪著我。他們都穿著病人的紫袍，像群幽靈。西番尼慢慢地說：「我們癌症病人是不是洋娃娃啊，不好玩了，就丟開。」

護士長默不作聲地往旁邊讓了讓，把我讓給紫袍子的人們。

我說：「學校不讓談戀愛。」

那十九歲男孩坐在我對面的輪椅裡，細脖子頂著很大的腦袋，他突然搖動輪椅撲過來，輪椅晃晃悠悠一直衝到我跟前，我叫了一聲，一把抓住椅子扶手，可卻抓住了那男孩的手。他的手細長得像女孩子，這時他卻狠狠用指甲掐了我一下。我痛叫一聲把他推開。原來和劉島住一間病房的老頭子站在男孩的後面說：「開除她，開除她！」

西番尼抓住我衣襟說：「女孩，拍拍妳良心，妳肚皮裡還有良心咳？」她又瘦又黑的手指發著抖。我只管往後退，再也不敢碰到她，在她身上，我聞到爛蘋果氣味，它們那樣芬芳，又那樣腥辣刺鼻，令我不能呼吸。

這時護士長過來扶住西番尼，說：「我們會研究大家意見的。大家放心回去，我們絕不會袖手旁觀的，大家都是人。」

西番尼轉過頭，瞪著護士長。她眼裡漸漸出現了一種威懾的意思，說：「護士長，要我們，天打五雷轟。」

護士長叫來護理老師，護理老師領來了醫院護理部的人，也是個女的。她們對我宣布了最新決定：我必須與劉島和好如初，必須用愛情來挽救劉島的生命。鑒於劉島無家屬，我撥給他做特護，馬上進病室開始工作。

我辯駁了一聲：「我們又不是夫妻。」

老師激憤地晃動著滿頭炸起來的像鋼絲一樣的頭髮說：「如果是夫妻，就是法警押送妳到病室的事情了。」

護士長靜靜地說：「如果妳不在十五分鐘後去給劉島做口腔護理，我們病房馬上把妳退還給學校。」實習不及格標誌著要留級，或者作爲不宜做護士的人，分配到醫院的動物實驗室管狗。

最後，我衝回配藥間拿了腰盤和棉花，去劉島的病房。

走廊裡，各個病室的人都陰險地笑著目送我，去劉島的房間，西番尼的臉被狂喜的眼睛照亮了，像路燈下的一小圈泥地。我從來沒看見過一種心情能化爲如此強烈的表情。

推開門，走進去，倚在門上，我眞像掉進咕嘟咕嘟冒泡的沼澤地了。我的眼淚嘩地下來，到處遍布爛蘋果的氣味，到處都是。淚水模糊間，看到劉島在枕上殷切地看我，他的鼻子——我一直認爲是很好看的直長鼻子——被止血棉撐得翻起來，我忍不住皺眉，可劉島卻笑了一下，那一抹笑容把他的嘴扭歪了，大概能算得上醜惡了！我拚命忍住不往外跑，我知道這不是演電影，我跑出去了，還得再回來，幹同樣的事。外面哪兒沒有有毒的視線呢？止血棉上吸滿了淡淡的血漿，變得很沉重，好像能聞到有病的血那種特殊的腥氣。

突然有股血從他鼻裡竄出來，濺在我手上，我眼淚從心裡嘩嘩湧出來，一時覺得嘴唇和鼻子都腫得硬硬的。劉島又笑了一下，沾著有癌細胞的血的臉眞嚇人！我抽泣著給他擦乾淨血，並塞上新棉花，接著，發現他嘴裡的黏膜大塊大塊地潰爛了，紅鮮鮮的肉翻得像一朵花。我連忙閉了閉眼睛，麻著頭皮給他用黃藥水擦了擦，剛輕輕碰了下他牙床，血就呼地漫了滿嘴。我終於撒手哭起來，劉島勉強欠起身，找地下的痰盂。他胳膊打著抖，突然身體一軟，倒在床沿上，血全浸在床單上。他一定沒吐乾淨就倒了，我去扶他，在他肩膀上，我感到某種熟悉的東西，這東西使我噁心不已。我忍著滿心的噁心把他拖上枕頭。這時，聽到他喉嚨裡咕咚響了一聲，他是把滿嘴的血水生吞到肚子裡去了。我乾嘔了一下。

這時，護士長推門走進來，走廊裡的眼睛立刻跟著她銳利又歡呼般地刺過來。護士長一聲不吭地在杯子裡沖好溫水，示意我把劉島扶起來，給劉島漱口，劉島幾乎躺在我身上，我的眼淚就落在他頭髮裡，只有那頭髮像一直被什麼滋潤著似的，越發黑亮起來。

那天，一直把劉島的床單換乾淨才下的班。到食堂買飯，以爲自己會吃不下，就買了二兩爛糊肉絲麵。一口吃下去，頓時發現肚子裡又冷又空，很快就把二兩都吃完了，可就像沒吃一樣。於是又去買了二兩，又都吃完了，小肚子脹得打墜。

回到宿舍，一屋子的同學突然都義正辭嚴地瞪著我，有人低聲說話，嘁嘁地。然後，有人故意大聲笑，那是芬的聲音。

我知道不會有任何人理睬我，自己拿了毛巾和拖鞋，去浴室洗澡。浴室空空的，外間冷得要命，脫掉衣服以後，牙便響亮地打起架來。路過那面鏡子，我沒往裡看。擰開水，我找了塊絲瓜筋在身上刮，很疼。水不斷地從頭上流向腳下，但它卻沒有像我想像的那樣帶來什麼溫柔的心情。過了一會，聽見有人在外間叫：「王朵萊，快出來，老師有請。」我匆匆洗完跑出來，芬在外面等著，她好奇又厭惡地打量著我的身體，我眞死無葬身之地。

我們就到老師房間去開會。

老師說我道德有問題，她說我不是中國人，連外國人都比不上，連資產階級的人情味都沒有了。

芬說我的行爲給護校全體實習生丟了臉，造成別人身心極大痛苦，是不能容忍也絕不能放任自流的。

還有同學發言。總之當然全說我壞，我壞得好比殺人兇手，我比小偷還自私。我坐在那兒，像隻被抓住的老鼠。

走廊裡傳來收音機裡的天氣預報聲，說寒流又將襲擊本市，氣溫在二十四小時內將下降15—16度，有嚴重冰凍。據說這冬至時的暴寒天氣，是危重病人的劫數。

老師讓我說，我什麼也說不出來。

散會後我沖了個熱水袋，鑽到床上。聽見芬高聲說：「要是我生病，王朵萊敢這樣對我，我就敢把她殺了。」那聲音眞是殺氣騰騰的。等到晚上十點報新聞時，我特地打開收音機，把頭蒙上被子再聽了一遍，果然不錯，未來二十四小時將下降15—16度。這時突然感到被子外有動靜，我連忙關了收音機鑽出去，是隔壁鋪的林小育，她撩開我枕頭旁邊的蚊帳，鑽進腦袋來。我問：「幹啥？」

她說：「要不妳一開始就不跟他好，跟他好了，就得負責任，現在這樣太自私了。」

我說：「好和不好，又不是想怎樣就怎樣。」我突然很煩躁，躺下去，說，「妳不懂。」

林小育說：「我是不懂，不過妳這樣，連外國人都不作興的，人家白衣少女還和白血病人結婚呢。」

我說：「外國人有什麼了不起。」

她嚥了口唾沫說：「妳總歸要和他保持關係的。」

我心裡說：寒流要來了，冬至要來了，重病人總歸要到死期了。他總歸死定了。

林小育嘆了口氣，說：「妳總歸是倒楣了。」說完，她縮回頭去，可這句話把我眼淚也引出來了。

睡到半夜醒來，聽見屋頂上飛沙走石，眞正是寒流來了。我覺得自己像個惡鬼，爲寒流的到來呼號不已。風打得玻璃亂響，遠遠地，聽見沉重又尖利的嘶嘶聲，那是消毒間那巫婆大鍋在放氣，大約劉島床單上的血，也被它變成這吱吱亂叫的東西了。放完氣，一切又寧靜下來，更遠的地方傳來窸窸窣窣的聲音，大概是那棵銀杏樹在落最後一批樹葉。在黑暗裡，我想像著金黃色的樹葉飄然下落的情景，樹爲了過冬，便犧牲了它身上依靠它的全部樹葉，人人都說落葉美麗，但卻從不譴責樹的自私。

第二天果然狂風大作，滿天烏雲翻滾個不停。路過園子去上班時，發現那小湖上結滿了骯髒不平的薄冰。來不及變黃的樹葉已經被凍死在樹上。病房裡果然有變：西番尼凌晨病危，夜班護士被西番尼折騰得臉色焦黃。走廊裡雖然很暖和，可病人們都靜靜躺在自己床上。

我連忙推開劉島的門，看到的卻是一雙睜得很大、睡眠很足因而顯得寧靜的眼睛，只是在他的眼白上多了一小塊出血點。

紅臉醫生吩咐化驗小便，我去接尿，把便壺遞給劉島，我要替他撩被，他卻用手壓住不放，臉好像有些變色，也許是變紅。他把便壺放進被子裡，在被子裡窸窣了半天，就是尿不出來。憋了半天，最後他說：「請妳出去片刻好嗎？」我便走出去。

西番尼正苟延殘喘，黃疸出得全身全臉，卻斷斷續續吵著要吃蘋果。護士說食道不通暢，吃下去會難受的，西番尼卻反覆說著一句話：「我餓，我餓。」她的聲音變得像個小孩那樣尖細。護士長走過來說：「不可以吃，吃下去太危險了。」而紅臉醫生卻跟進來，視察了一下補液的情況，說：「要吃就吃一點吧。」西番尼眼睛突然亮起來，護士打開她的小櫃，裡面塞滿了起皺的舊蘋果、新鮮的新蘋果以及爛成褐色的蘋果，看樣子，全是些最大最好的。

護士長與醫生擦身而過。見我站在走廊裡，就問我：「妳站著幹啥？」

「等劉島小便，我在，他尿不出來。」

護士長領我一塊進去。劉島已經躺好，旁邊椅子上放著便壺，護士長吩咐我收拾好化驗管，對劉島柔聲說：「3床，你不要有什麼顧慮，小王照顧你，是她應該做的。」我想像著，倒出來的尿液會是鏽紅一片，可它的顏色卻正常無比，還有股暖氣，透過小玻璃瓶浸到我手指上。

我送走了化驗瓶。

可試管上那小點暖氣，好像粘在我手指上了，我一直把手指直直地伸著。果然，西番尼吃了一點點蘋果，就吐得一塌糊塗，那聲音就像一隻受傷的貓在哀叫，聽得我腮上的汗毛一陣一陣直豎起來。但她卻吐不出什麼，護士好容易把她抱回到枕頭上，她仰在枕頭上，繼續乾嘔和呻吟，眼睛四下找著，手也從被裡伸出來往下摸索，但摸到固定在床墊上的補液管了，捏了捏，才停下手來。她的眼睛定了一下，又開始四處遊弋，我還沒見過一個垂危的人有這麼靈活的眼睛。我走過去，屏住呼吸，迎住她滿是爛蘋果味的眼光，向她歡笑了一下，這時我甚至看到了自己的笑容，在陰暗的病房門邊，我的臉像鮮花驕傲地怒放，我要氣死她。

劉島躺在床上，低燒使他變得精神振奮，就像被火焙著的一段木炭。見我進來，他身子討好地動了動，做出個很乖的模樣。我當著他的面，拿出手絹來墊在口罩裡，把口罩戴好，然後，找出準備好的手術室手套啪啦啪啦戴好，手套緊束住我的手，手是那樣細膩好看。全副武裝後，我才去給他做口腔護理。劉島這次卻沒把嘴順從地張開，而是猛地把頭扭了過去。他一定動得太厲害了，留在靜脈裡的針頭刺痛了他，他只好又緩緩把頭移過來一點，我「嘿」了聲，說：「3床，不要動得太厲害了。」

他的臉仍舊背著我，不肯轉過來。病室裡一時靜下來，隱隱聽見西番尼那邊又大吐。我把杯子頓在桌上：「是你不配合治療。」這時我才發現，他眼眶和眼白都紅了，淚水在變得深陷下去的眼眶裡直轉。看我轉過來，他不再躲開，直直看著我。我肚子裡抖了一下，但卻挺住不轉開眼睛，是他害得我裡外不是人。我要告訴他，我恨他，恨得要死，我不怕他裝滿了眼淚的眼睛，如果要哭，我也能哭。

聽到走廊裡有動靜，我藉個由頭走出去，西番尼昏迷了。我報到第一天，第一眼看到的那輛急救小車，現在又被護士長推到西番尼屋裡。護士長在查心電圖，那螢幕上有個綠點滴滴叫著，忙忙乎乎又上又下。這說明西番尼那顆心還活著。我冷不丁看見歪在枕上的西番尼，她張著嘴，嘴唇灰白，焦黃的臉上泛出一片咖啡色的老人斑。可她張著眼，那眼睛像箭一樣尖。我哆嗦了一下，然後，才發現她是張著眼昏迷的，也許因爲她太瘦，皮膚一緊，眼睛就合不住了。她匍匐在一大堆機器中間，像頭受傷的野獸。

我退回劉島的病室，心咚咚地跳著，彷彿有什麼想法，像大風裡的碎紙般飛快地在腦子裡閃過，但卻不知道那是些什麼，多少次想像過死，多少次講死人怎樣把活人嚇死，但卻沒有眼前的情景可怕。說不出有多噁心。當它附在一個人身上或者逼近一個人的時候，這個人就變得獰厲可怕。劉島，他也將這樣。

這時我才發覺劉島的身體移動過了，他正疲憊不堪地倒在枕頭上，臉上有些汗。再發覺那些棉花上粘了些黃藥水和膿血，他自己清理過口腔了，痰盂邊上也有些血。劉島閉著眼不說話，但我還是能感到他眼皮下面很深的怨恨。

我身後突然響起西番尼的大聲呻吟，她用那種又像小羊又像小貓似聲音叫喚著：「我餓，我餓！」我把門關嚴，發現門上面有個天窗開著，那可怕的聲音還是會從天窗傳進來，於是我跳起來關天窗。天窗一定有許多年沒關了，鉸鏈咯咯地響著就是合不起來，但玻璃上的灰塵卻雪般地落下來。這些陳年的灰塵也不知道聽過多少個癌病人孩子似的慘叫了，灰塵飛揚下墜裡，我想到劇場那裡帷幕，我看見劉島深深地看著我。

那天中午，我又吃了四兩麵，我是一個人特地到醫院外面的飲食店裡去吃的，一到吃東西，我就高興起來，把別的事都忘記了。可我總是想起西番尼的眼睛，能聽見她在叫，嗅見她身上發出的爛蘋果氣味。下午去上班，狂風在頭頂號咷，不住撕扯我的頭髮。白樓每個窗戶都亮著燈，而且關著百葉窗，但那種陰慘的死亡之氣仍舊射向四方。

西番尼還處在昏迷中，她心電圖上的綠點漸漸要平，醫生給她打了強心劑，就走了。護士們圍著，西番尼突然喘著氣說：「我餓！」接著眼睛突然一動，我連忙逃進劉島的病室，他好像一直保持著我關窗時的姿態和眼神，不住地看著我。

不久，護士長推門進來，向我招手。西番尼死了，讓我去參加屍體護理。越過她的肩膀，我看見西番尼的病房裡有人呼地推開窗子，一股寒風倒灌進來，又看見西番尼的一雙腳，黃白黃白的。

我打著寒顫說：「那不是我分管的病房。」我聽出自己的聲音像集中營裡的猶太人那麼沒有底氣。

護士長翻起來眼睛看看我：「妳可要注意這一段的表現。」奇怪的是，護士長現在跟我說話，居然也帶著一點南匯口音了。

我癟頭癟腦地走進西番尼的病室，屋裡寒冷刺骨，我的牙齒只管上下打顫。正忙著的護士像小工頭一樣對我揚揚下巴：「把管子都拔了。」

西番尼臨終時循環已經變得很壞，護士不得不把補液瓶高高掛在補液架頂上。我把手撐在床上，去拿補液瓶。正在這時，西番尼突然長長嘆了一口氣，把肚子挺了出來，像個缺鈣的小孩。我嚇得一哆嗦，補液瓶從手裡滑下來，嘩地碎在地上。我拿個掃把來掃，又發現簸箕裡全是蘋果皮，乾乾地鏞鏞地捲著，像些雞腸子。

有股熱烘烘的東西從我肚子深處騰起，我以爲自己要哭了，可馬上就覺得，是心裡的一股憤怒，我恨這些所有陷害我、驚嚇我、強迫我的一切！我把碎玻璃掃進簸箕，護士腳邊有一塊碎玻璃尖頭尖腦仰著的，我沒理它，只是留意看了一下她的鞋，恐怕她的鞋底太厚了。

一切停當，讓我跟太平間老頭去簽字，護士早去洗手了，一邊說著：「晦氣啊晦氣，倒楣事總輪到我頭上。」我故意不穿病房護士穿的藍色護士棉袍下樓，來表示反抗。護士長輕輕說了句：「神經病。」就也不理我了。一下樓，風就像刀子一樣地割著我的全身，太平間來的接屍車吱嘎吱嘎地響著往前走。我看著接屍車上那段小小的白布包，一個死人，居然是這樣的。老頭看看我說：

「小姑娘，不穿上棉袍，要感冒吶。」

「不怕。」我說。

經過巫婆大鍋，霧氣迷漫，看不清人，老頭沒推穩，車跳了一下，西番尼的屍體也跳了一下。老頭又說：

「別動感情。」

「不動。」我說。

進了灰門，我在西番尼的死亡證明書上簽了字，我的字特別地龍飛鳳舞：到底是誰打贏誰啦？

彷彿又聽到接屍車吱嘎吱嘎的聲音，我對自己說：不對，做夢呢。我努力睜開眼睛，寒冷的夜色沉重地壓在我眼皮上，連眼珠都凍得酸起來。窗外寂靜無聲，連樹葉都不再響。果然是那接屍車路過我們宿舍的樓下向西去。該不會是劉島吧？我想。

醒了，就很想小便，我從被裡出來，凍得要命，黑暗裡又踢到誰的鞋，也懶得去管。摸到廁所，水箱裡點點滴滴的聲音格外響亮。突然，燈啪地輕響一聲，「嗚」地暗下去。我拉開廁所的白門，突然有東西忽地跳上來拽住我前襟，我聽見西番尼的聲音輕而清晰地問：「妳的良心在哪裡？妳的良心在哪裡？」我嚇得大叫起來，很快走廊裡就有了動靜，老師披著棉襖跑出來，大聲問：「誰？誰？」

我一句話也說不出來。死死抓住老師的手，老師嘆了口氣，說：「快點，我陪妳。」我卻無論如何解不出小便來。老師在外面說：「中國古話說得一點也不錯，沒做虧心事，不怕鬼叫門。」

好在第二天出了大太陽，陽光把一切都照亮了，想起昨晚，好像小時候做過的惡夢。

這天我看到的，是劉島那雙從未見過的清澈眼睛，恍如萬里無雲的藍天。我走進去的時候，劉島眼睛閃了一下，換了種樣子看我，像是要在我面前藏起什麼來。他哪知道，他這樣又激起我的厭惡。

劉島的危險期彷彿已經過去。護士長讓我給他擦擦身體，洗洗腳，然後換衣服床單。等護士長走開，我仍舊當著劉島的面全副武裝好，特別嘩嘩響地套好橡皮手套，一邊擰乾毛巾，一邊說：「3床，給你擦擦身體，換下衣服，這樣你可以舒服一點。」

劉島又打算拉住被子，而我裝做不理會，猛地掀開被，一邊輕巧而又裝成萬分關心地說：「你放心，室內溫度不會感冒。」

劉島的身體使我一下子想起了小時候被貓拖到皮沙發下，周身弄得又皺又髒又破的那個布娃娃。他的衣服胡亂裹著身體，身體上有些紫血斑。他的前胸和後背，讓我感到了在記憶深處的熟悉，美好的東西總是那麼短暫，就不見了，而爲了那一分鐘的美好，人卻要付出望不到頭的沉重代價。

他猶豫了一下，把兩腿蜷起來這樣的姿勢，立刻顯出他下陷而且狹小孱弱的骨盆。我伸出手去，毫無表情地把他的膝蓋壓下去，還特別讓他轉過身去，用毛巾在他的臀部搓著，我是在噁心他吧，讓他知道我一點也不管他的羞恥心，我也不把他當男人看，可劉島靜靜地看著窗外大朵大朵在天上亂飛的雲彩，隨便我做什麼，什麼也沒說。

我把他的身體翻來翻去換好床單，特意用手套輕觸他的手背，他應該感到昨天曾熱烈撫摸他的雙手，現在連碰都不願意碰他了。而他仍舊睜著寧靜的眼睛深深地看我。劉島自己把身體翻過來，蓋好新換的被子。我端了臉盆出去，臨開門時，聽見劉島在我身後輕而清晰地說：「謝謝妳。」

回到配藥間，倒了髒水，脫了手套，開始仔仔細細地洗手。在冰涼的自來水裡，我的手又煥發出從前那種成熟而且晶瑩美麗的顏色，遠遠地看去，真不敢相信自己有這麼漂亮的手。照例用肥皂洗三遍，然後塗上尿素。這時，我發現銀杏樹下有一堆燒得轟轟烈烈的落葉堆。那是一大堆落葉，火很旺，寒風吹撲著火焰，火焰彤紅地在褐色的落葉上跳躍舞蹈，並扇動那些薄而死硬的落葉在最後的燃燒中飛舞飄揚。有一片通體金紅的落葉順著寒風，在空中一轉，向我撲來。雖然這只是一剎那，它身上的火焰馬上就被吹滅了，它突然一頓，變成一塊灰白的東西，落了下去。

下午，劉島全身的淋巴腫竟像潮汐般地全退了下去——鼻血也突然止住，他自己刮了鬍子和鬢角。劉島一直望著天空，前幾天的寒流最終帶來了上海難得的萬里無雲的藍天和閃閃發光的嚴寒。隨著劉島一同仰望藍天時，我突然覺得藍天像一個巨大無比的眼睛，默默地看著大地。

第二天，陽光越發燦爛，空氣裡充滿了被陽光和嚴寒濾清的那種銳利的透明，陽光把整個走廊照射得明亮如鏡。我又見到了進病房第一天的情景，走廊裡又放著那輛白色的急救小推車。

劉島像一堆用舊的東西一樣堆在灑落白色陽光的床上，床架子上繫著一根表示病危的紅布條。補液架上的輸血瓶吊得很高。這情景和我多次想像的一樣。劉島凌晨兩點突然昏迷，顱內出血全身併發炎症。這時我才知道，前幾天他眼白上的血點子就是顱內開始出血的徵兆。當白血病人的眼白上有出血點了，死期就近在眼前了。

這一天終於來了。

我站在門口，望著陽光下的一切不敢走近，這時我才明白，我一方面是盼著這一天，一方面是怕著這一天：結算的一天總算到了。我驚慌地走向護士辦公室，在走廊裡我又遇見了那些寒意凜凜的眼睛，只感到自己是走在惡夢裡。護士長一邊換衣服，一邊吩咐我把心電圖機器推到劉島病室裡，「他一直沒有聲音，像死了一樣。」夜班護士說，她搖著焦黃的臉說，「我眞倒楣，一值夜班，就碰到那不吉利的紅布條子！」我走進配藥間，想要逃過這一關，我不想看著劉島死。慌亂中只找到一個廢安培，我狠狠心將它捏在手心裡，想用它把手切破。但安培被我捏碎了，手卻沒有事。護士長突然探進頭來叫：「小王，快來！」我只得隨護士長推著心電圖機器去劉島房間。快走進那屋的時候，看到西番尼的空床上已經來了新病人，是個年輕女子。我盡量屏住呼吸，但無濟於事，走到劉島床前，只得呼吸他的空氣，可他身上並沒有絲毫爛蘋果氣味，沒有。

陽光下，劉島的臉泛著死人白，他的眼睛很平靜地合著，連頭髮都整齊安靜，臉上有種奇怪的輕鬆的表情。

心電圖那個代表劉島心臟的小綠點不斷掠過，他活著，他靜靜地不動，也許是在算計什麼時候跟我總算賬最好。我一動不敢動，想了一千種從這裡逃出去的方法，它們在我腦子裡轟轟地走來走去。

搶救的強心劑用下去，仍舊沒反應。劉島的臉一如從前地寧靜，陽光照出了他臉頰上密密的金色汗毛，微微倒伏著。他的呼吸變得十分寧靜微弱，不仔細聽，根本聽不出來。

紅臉小男人把劉島眼睛翻開來看了看，說：「die。」說完，他從我身邊擦過，回辦公室開死亡證明書去了。

然而就在這時，劉島突然張開眼睛，他的眼光越過我，落在我身後那個空無一物的角落裡。我不知道這時他已經沒有視力，只感到他的表情叫我想起昨天他仰望藍天時的神情。然後，他把眼睛轉過來對著我，那些偷偷準備的殺手鐧就要用出來了吧！他的眼光堅定地停在我身體的某個地方。我搶著說：「劉島，你不理解我。我做事根本不像你想的那麼惡，你不懂我們這樣的女孩。我們沒經驗，我的老師不同意。」那些聲音我自己都覺得太虛僞了，於是我又說，「我是自私，我也不知道爲什麼這樣，我不是存心的。」那些聲音又使我感到眞地太虛僞了，我這才停下嘴來。

這時，劉島說話了：「此岸的人說他去了，彼岸的人說他來了。」

我連忙向旁邊閃了一下，讓劉島的眼睛落到我身後去。

不知什麼時候，劉島的呼吸突然停了。他靜靜地等待著，拿眼睛看著天花板，那兒映著太陽照耀著的一杯水的波紋，金波蕩漾。然後，他長長吐出一口氣，安靜地合上眼。

又過了一會，他抬起胸脯，慢慢地深深地吸進一口氣。那模樣，像陽光裡寬廣的海面，遠遠地滾來一排白波浪，又嚦嚦翻捲著退下去。

我意識到，這就是劉島的潮狀呼吸。

藍色海洋裡的白波浪慢慢平息了。心電圖上的小綠點也不再飄動，變成一條直線，就像此岸的船駛向了彼岸，留在船尾的那道被犁成白色的水波。

突然，像大海上空浮來一片遮日的薄雲，劉島本來已經灰白的臉上突然又泛上一層眞正的灰白，我這時才發現他的眉毛原來是那樣密地連在一塊兒的。

我出神地看著劉島的臉，他的臉變成了一尊英俊的石像。我很吃驚這個男人的英雄氣，甚至錯亂地想到，如果他這樣漂亮乾淨，我有可能再與他和好。

那時我並不知道劉島已經死了。實習護士的我，是第一次陪伴一個病人死亡。

我還愣愣地等著劉島最後的潮狀呼吸。

劉島在迅速地變成石雕。我不能形容靈魂離開肉體之後，肉體的變化，當你觸摸時它還柔軟沉重，但它呈現出來了像石像那種結實與冷淡。

護士長走過去關上心電圖說：「die。」她收拾起心電圖的那堆電線，「啪」地關掉了心電圖上的機器。

我過去打開窗，園子裡落葉已盡，枝椏間和枝椏上，是一片碧藍晶瑩的晴空，沒有雲，沒有鳥，沒有聲音。這時，我幾乎感到有什麼東西輕柔地從我身後飄向窗外的天空，一些酒精氣味，病房裡的暖氣，或者是劉島的靈魂。

我抱開還留著劉島體溫的棉被，發現劉島在醫院的病員服裡，已經穿好了自己的衣服，用不著我給他換貼身的衣服了，他穿了一身軍隊發的黃布襯衣和黃布長褲，那衣服使他顯得年輕而高大。

護士長進來清點針頭、器械，拿出來，臨走吩咐我：「等太平間人來了再包，他們總把我們病房的床單包了去，又不拿回來。」

我說：「噢。」

護士長又說：「給他拉直，要不然硬了，冰箱塞不進去。」

我說：「噢。」

我握住劉島的手，他的手變得好重，我把它們交叉在胸前，並歸攏他的腿，他在白色陽光裡躺著，真像睡著了一樣，我還沒看見過睡得這麼安詳的人，躺在自己爲自己穿戴整齊了的屍衣裡。

吱嘎吱嘎輕輕響著，太平間老頭推著接屍車來了。我和他一塊把劉島包好紮好，放到車上，我去辦公室，拿死亡通知單，看見上面寫著白血病死亡，我就把它放在胸袋裡了。

下了樓，迎面撲來的是凜冽的冬天空氣。陽光像冰山一般，光芒燦爛，但毫無溫暖。車子仍舊搖晃搖晃著，劉島的軀體也在被單下搖晃搖晃，經過了落葉的灰堆。

我又走進了停屍間，又來到那張舊桌子前，又要在死亡證明單上簽上自己的名字。劉島，現在已經變成了一張紙，帶著我的名字，消失在死亡報告中。我簽上字，並小心地把寫得太淺的地方描了描。

裡面砰地響了一下，是老頭把冰箱裡的白鐵擔架拉出來了，我進去幫著他把劉島放上來，把死亡通知單插到屍袋裡。下面就是劉島的鼻子，很高，很安靜，他再也不用止血棉了，他當眞會變成什麼飛翔的東西嗎？

老頭看看我：

「姑娘，別動感情。」

我自己知道，這絕不是別人說的那種虛僞的眼淚。

我和劉島的故事在護士學校飛快地傳開，緊接著，醫學院的畢業生來醫院實習，於是，又在醫學院的實習醫生裡迅速地傳播開，常常有人路過我身邊時，故意看我，他們的目光，我認爲很像在馬路上看外國人的鄉下人。

我不能在9病室再留下去，沒等實習結束，我就被換到小兒科病房去，護理老師在給我換病室的時候，笑吟吟地說：「和小朋友，總沒有什麼可搞的了吧。」和小孩在一起，握著他們由於重病而薄得像紙一樣的小手掌，我的心好像落到了原來的地方，不再像以前那樣提在喉嚨口，也不再想遇到什麼驚心動魄的事情，連說話都簡單了。我拚命地討好兒科的護士長，想讓她開口將我留下來。

但護理老師和學校還是沒有放我過門。

實習結束以後，所有的同學都有分數，只有我沒有。

在飯堂裡，我又常常能遇見英文老師了。隔著一個冬天，一個劉島的故事，我遠遠地看他，他看見我，還和從前一樣，溫和禮貌地向我點頭致意，沒有任何的矯情，任何企圖和任何嘲弄。只是他再也不肯多停幾分鐘和我說話，他總是在一笑之後匆匆地走開。

畢業分配的時候，學校宣布我不能分配到醫院去做護士，只能去醫學院附屬的職工幼兒園去做後勤。聽說本來我也應該分去動物實驗室養狗和白老鼠的，但上一屆已經有個女生被分配到那裡去了，也是實習的時候，和病人談戀愛談出事情來了，才分過去懲罰她的。她已經把那個位置占住了。

我拿著一張結業證書回家。

當然是沒臉見人。雖然爸爸媽媽和鄰居們都不當著我的面說什麼，而且小心翼翼地避開學校、醫院這種話題，但是，我還是不想見到任何人，這是理所當然的事。我家弄堂口的菸紙店裡還日日放著《甜蜜蜜》，四周好像什麼都沒變，讓我吃驚。

好在春節就要到了，商店裡開始熱鬧起來，淮海路上到處人擠人，我便常上街去。媽媽留下一些錢來，讓我買家裡過年要用的東西，我去蕩馬路，就成爲名正言順的事情。

一到快春節的時候，天氣就會變得很糟，不停地下雨，是那種沒日沒夜的雨，一連可以下兩個星期的。梧桐樹全淋透了，變黑了，好像就要發黴似的，街上積水全是黑色的，店堂裡的地也全都是黑黑的濕腳印子。但是，商店裡還是擠著買東西、準備過年的人，第二食品商店賣糖果的櫃檯前面，總是擠滿了人。那家店裡有進口的糖果，也是最早開始賣進口的果珍的，進口果珍的玻璃瓶很好看。我在那裡還看到有進口的雀巢咖啡，它的瓶子也好看。我家的玻璃櫥裡就放了一瓶雀巢咖啡和一瓶知己，還有一套咖啡壺，客人來了，媽媽就取出它們來招待客人。

進口的糖果貴極了，但是很好看，買的人也不少。我也買了一斤。進口的糖果每粒都很大，放進嘴裡的時候，我還不習慣。我看到一個女人稱了一斤進口的糖，又稱兩斤國產的玻璃紙水果糖，然後讓營業員把它們混在一起裝。我馬上懂得了她的聰明。水果糖是用最簡單的透明玻璃紙包著的，一點也不搶眼，正好和漂亮搶眼的進口糖混在一起，看上去又多，又好看。於是，等那個聰明女人走了以後，我也像她一樣，稱了兩斤透明玻璃紙包的水果糖。

糖果櫃檯的營業員們，到底是淮海路上大店的營業員，臉上有種很矜持的樣子，個個都燙了頭髮，用白色的帽子輕輕壓著頭髮，生怕把鬈髮給壓癟了。她們也喜歡聰明人，遇到糾纏不清的人，她們就兇人家。

我去長春食品店買炒貨，鴨肫肝和乾貨，像黑木耳、金針菜什麼的，但我沒買瓜子。我很討厭瓜子，其實是討厭吃瓜子的樣子。還到哈爾濱食品廠買椰絲球、鹹忌司條和小的蝴蝶酥，這些本來都是媽媽過年時去買來備著的，現在輪到我來做了。

買東西很開心，實實在在曉得自己有了什麼，也曉得這些東西會用在什麼地方，還曉得親戚朋友來了，會說好話，說讓人受用的話。

哈爾濱食品廠的櫃檯前，當然也擠滿了人。拿著包好的點心擠出來，都要費點力氣。擠進擠出的人，大多數是當家的女人，還有像我一樣的小姑娘，大櫃檯前，大家的身體都貼在一起，成年婦女們的肚子眞的柔軟極了，她們也不像小姑娘那樣小心地用一隻胳膊擋在自己胸前，不願意別人碰到自己。她們拿自己的胸脯去頂別人，她們的胸脯也柔軟極了。倒是總護著手裡拎著的東西。她們的身上，常常能聞到面霜的香味。

我買了東西回家，有時在後門遇到王家姆媽，她常常問問我買東西的行情，也誇我把懂得進口糖和水果糖混在一起的聰明。媽媽回家來，一樣一樣看我買回來的東西，有買到特別出挑的，或者特別合算的，媽媽忍不住到廚房間去說。鄰居們一致有興趣，跑來我們房間裡看，我家的鄰居們，都是小心做人的良民，從來不願意難為別人的。

藉著採購年貨，我終於在家裡安頓了下來。我洗乾淨每年春節才用的細瓷糖缸和玻璃高腳果盤，將待客用的東西一樣一樣裝上盤子，放在五斗櫥上，覺得它們眞是好看。

那是個小年夜的下午，已經有小孩在弄堂裡放鞭炮了，爸爸媽媽會提前下班。那天王家姆媽一直在廚房裡，用鐵勺子做蛋餃，那是爲她家大年夜的暖鍋準備的蛋餃。但我曉得，她也一定會多做一些，鄰居每一家都分到六只她做的蛋餃，從我小時候，年年都是這樣了。我打開房間的門，聞著雞蛋在鐵勺子裡慢慢熟了，發出的蛋和花生油的香味。

王家姆媽要做幾個小時的蛋餃，她帶了一個半導體收音機到廚房去聽。隱隱約約的，我能聽到，她在聽音樂，但聽不眞切。我想，她一定戴著紡織工人的帽子，穿著工廠裡的藍制服，戴著手術間的橡皮手套。就是躲在廚房間裡幾個小時，她也不想沾上油煙氣。

我用熱茶杯暖著我的手，感到自己的一顆心，慢慢地回到了原來的地方。我很希望爸爸媽媽眞地能早點回家來。

第三章

我從家裡的壁櫃裡，搬出一個沉重的箱子。又搬出一個更重的箱子，再下面的，是我陪嫁過來的一雙樟木箱，要把裡面的衣服拿掉，我才移得動一個樟木箱。

夏天就要來了，街上梧桐樹的毛栗子紛紛爆了開來，空氣裡到處飛著毛栗子裡的毛毛，鼻子過敏的人在路上走著，吸進了飄飛在空氣裡的毛毛，就不停地打噴嚏。到了這時候，我得把全家過夏天的衣服找出來，把冬天的毛衣和外套放回箱子裡去。我家像當年我爸爸媽媽家一樣，也只有一間屋，在老式洋房的樓上，有鋼窗蠟地板，是原來就做臥室用的，這一點也和我爸爸媽媽家的情況一樣。當時魏松研究所裡分房子，魏松和我來看了幾個地方，我馬上就想要這間屋子了。這房間裡還套著一個壁櫥，我們把箱籠都放在壁櫥裡面，衣服則掛在壁櫥的門上，所以房間裡還算整齊。

放在箱子裡的夏天衣服，雖然都是乾淨的，可也不能穿，它們被壓得太皺了。我把魏松的、我的、麗麗的夏天衣服統統堆在地上，要把它們全過了水，皺的地方才能平整些，這樣比一件件燙要省事些。衣服是眞多啊，地上馬上就被堆滿了。一些汗衫現在看起來，褪色得厲害，是不能再穿了，但我也不明白，爲什麼在去年秋天裝箱子的時候沒有及時就把它們扔了，或者當了家裡用的抹布，或者讓魏松秋天就紮了拖把，要拖到今年的夏天才扔掉，白白在家裡多占了寶貴的地盤。

冬天的衣服更難放，我得把整個身體都壓到箱子蓋上去，才能勉強關上，每次都是這樣的。麗麗才兩歲，可她的衣服就足足放了一整個樟木箱。有時我路過一家總是賣出口轉內銷的小店，就愛到裡面去看看。那裡的衣服便宜，但質量好，因爲本來是出口的，所以式樣也洋氣，看到好看的，我就忍不住買回來。我想麗麗總是要長大的，有好看的衣服備著，總沒有什麼錯。大概我家的衣服就是這樣堆積起來的吧。每次魏松看到我翻箱子，都嚇得大叫，他從來不曉得他老婆買了一壁櫃的衣服，他也從來記不住自己家的壁櫃裡就是有那麼多衣服，看到一次，就被嚇倒一次。

那些箱子雖然成年都放在壁櫃裡，但面子上總有些薄薄的浮塵，總算將冬天的衣服好歹全塞進去，我已經在箱子上滾得一身都是灰了。

我將夏天的衣服都去過了水，一一吊到陽臺上去滴水。麗麗有些衣服今年一定小了，去年沒有穿幾次，就天涼了，我想大概可以挑出來送給王家姆媽的外孫女貝貝去。我的裙子都是舊的，因爲去年麗麗還不能上托兒所，我整天在家帶孩子做飯，當家庭婦女，根本沒胃口爲自己買什麼衣服。實際上，買了也沒有時間穿，麗麗隨時就把她吃得髒呼呼的嘴擦到我身上來。魏松的衣服不少，他是個高大的男人，可還是喜歡穿寬大的衣服和短褲，他的衣服都像女人的睡袍那麼大。整個夏天，他穿著那樣的大汗衫，搖搖晃晃地騎著他的舊自行車，去遺傳研究所上班，又搖搖晃晃地下班回來，誰都能看出來他過日子過得眞沒勁。

在濕衣服堆裡鑽出來，我去浴室洗個澡。夏天就要到了，陽光照在陳舊的浴室裡，很暖和。牆上掛著麗麗的紅色塑料大澡盆，和隔壁人家的鋁澡盆，與一個樓面的人家合用的浴室總有些亂的，但現在二樓沒有一個人在，能讓我定定心心地用浴室，我已經心裡很滿意了。往常的晚上，兩家的大人孩子都要用浴室，隔壁家的女人又喜歡洗衣服，整個晚上就是守在浴室裡洗衣服，洗床單，洗電視機套子、錄像機套子、沙發墊子，一樣一樣拿出來洗。她長得又高又胖又白，魏松和我私下裡叫她高莊饅頭。她把袖子一挽，就挽到胳膊肘上，一邊洗衣服，一邊常常高聲叫罵她的丈夫和兒子，罵他們把油滴在衣襟上，襪子沒有及時換下來，穿得太臭。她的聲音倒不是尖細逼人的那一種，只是洪亮而已。魏松說這種人就是悍婦。只要她在家，我根本就沒有時間，也沒有心思慢慢地洗一個澡。

但是她是眞地愛乾淨，愛她的家，她家的拖把吊在浴室的窗檯上，甚至是拖把，也洗得白白的，很乾淨。悍婦常常也是愛家如命的女人吧。

我燒了一大鍋熱水，夠換四盆水的量。

我沒有關上窗子，站在臨窗的澡缸裡，一邊洗，一邊可以看到春天多雲的藍天。上海的天空在春天總是好像有層霧似的，藍色是那樣地淺。魏松總是說，那不是霧，是大氣污染。他總是把所有的事情都往壞處想。我喜歡看到天空，哪怕天不那麼藍，可總還是天空。可我平時好像都沒有多少時間看天似的，每次在洗澡的時候看到天空，我都想，啊呀，好久沒有看到天了呢。風吹在濕濕的身上，雖然有點涼，但是我還是開著窗，保持著夏天似的感覺。

夏天又要來了，夏天是我從來都喜歡的季節。麗麗終於上托兒所了，這個夏天，我終於不用時時刻刻照顧一個小孩子，又煩，又熱，又累。我想至少今年夏天，我能定定心心地洗一個澡，用絲瓜筋好好地擦一擦身體。

現在，我眞地喜歡絲瓜筋擦在皮膚上那種麻麻的感覺，有一點痛，但很快就是麻麻的了，好像能洗出一個新的人來似的。想起來，還是從護士學校的同學芬那裡學來的。那時我喜歡用舊的絲瓜筋，因爲它比較軟，慢慢地，我才體會到新絲瓜筋才過癮，它很生硬，很粗糙。離開了護士這樣行當，去做幼兒園的保健老師，我就再也沒有見過護士學校的任何人，好像他們從此在地球上消失了一樣，英文老師、護理老師、芬、林小育、劉島。要不是好久沒有時間用絲瓜筋洗澡，我也不會想起芬來，也根本想不起我的護士學校的日子。上帝保佑，我總算走過來了。現在我和別人一樣，有自己的家、孩子、丈夫，安穩的生活，和別人一樣，什麼都在軌道上。現在回想起來，只驚嘆自己的命裡，眞地還有化險爲夷的運氣，連老姑娘也沒有當上，也眞算是了不起。離開讓我永遠抬不起頭來的醫學院幼兒園，順利地換了一家幼兒園，我就算是重新再做一世人的意思了。

用光了四盆熱水洗澡，今天的心情很好。

我決定去蕩蕩馬路，不用帶麗麗，也不用和魏松一起，就我一個人。

即使不是星期天，淮海路上還是人很多。也可以看到時髦的上海小姑娘在路上慢慢地走，這種時髦小姑娘已經穿裙子了，一點也不怕冷。她們是特地打扮好了，來淮海路給別人看的。所以她們這樣的人走在路上，裝著不在意的樣子，其實眼睛裡一直在注意別人，注意別人的衣服是不是比她們好看，也注意她們是不是受到別人的注意。我從來就不怎麼喜歡這種淮海路女孩的俗氣，所以我路過她們的時候，總是特別裝做不注意她們的樣子，來打擊她們。

哈爾濱食品廠有點心新烘出爐，半條街上都是他們店堂裡飄出來的奶油香味道。我進去買了半斤椰絲球，現在，我和魏松都喜歡吃這種點心，很甜，很香。他們的服務到底有點改進，開始送一個小塑料袋給客人了，不用自己帶東西裝。

第二食品商店糖果櫃檯裡的營業員還是上海良家女子的打扮，燙著長波浪，指甲上塗著亮晶晶的指甲油，抓糖果的時候，手指簡直就和包糖的玻璃紙一樣漂亮。我在那裡買了半斤進口的小粒水果糖，現在進口的糖多了，店裡開始標明出產的國家，這種小粒的水果糖是從馬來西亞過來的。麗麗的嘴小，要是吃大粒的糖，她的嘴包不住，就不停地流糖水出來，弄得一塌糊塗。我想這種小粒的糖最適合她，當然我也喜歡，我一向是喜歡水果硬糖的，最不喜歡太妃糖。我特地到奶粉櫃檯去看了看，麗麗小的時候，我沒有足夠的奶水，很早就給她吃奶粉了，這裡的奶粉價錢最公道，品種也多，我每次都到這裡來給麗麗買奶粉，這裡也賣進口的果珍，金黃色的蓋子，像橘子皮那樣的顏色。我看了看奶粉的價錢，果然又漲價了。我心裡有點慶幸，總算我不用買嬰兒奶粉了。

這時候，我看到了一家新開張的服裝店，寫了個外國店名。淮海路上這樣的服裝店開始多了起來，它們和那種賣出口轉內銷的小店最大的不同就是，它們沒有處理商品的馬虎氣，但是有貴得嚇人的價錢。它的櫥窗裡放著一條白底子紅條的連衣裙，細長細長的，放成一個S型。它和那一天我在淮海路櫥窗裡看到的所有連衣裙都不一樣，它有一種特別的洋氣，好像是從什麼地方偶爾掉下來，落在這地方的。我走進那家店裡去，我曉得這家店裡的東西不會便宜，可它的價錢還是讓我嚇了一跳。不過是全棉針織的面料，可賣得比全呢的還要貴。而且一共只有兩件，一件放在櫥窗裡，一件掛在衣架上，用一根細細的標籤，連著它那個嚇人一跳的價錢。這家店聽說是香港人來開的，賣的大多數是外國的衣服，果然比我在出口轉內銷的商店裡看到的衣服，要考究多了，可價錢也貴多了。有個大臉盤的女孩子也看中了那條白底紅條的連衣裙，她問了價錢，然後生氣地說：「啊呦，這是全棉針織的啊，我以為是金子織起來的呢。」她轉身就走了。

我也跟著她往外走。可是，我回了一下頭，它眞地好看啊。

「妳可以試試。」店堂裡的小姐招呼我說。

她從衣架上取下那件連衣裙來。

我知道自己不可能買那麼貴的東西，可試一試有什麼關係呢？

我在試衣間裡插上薄薄的門，一一脫下自己的衣服，我聞到自己身上剛洗過澡以後的清新氣味，然後我套上那條裙子。我看到在陌生的試衣間的長鏡子裡，有一個苗條的年輕女子，眼睛很亮，臉上紅撲撲的，她的頭髮有點不搭配，半長不長的。那是因爲生麗麗的時候我和大多數產婦一樣，把自己的頭髮剪得短極了，然後一直沒有時間管頭髮，讓它自己慢慢長起來，才變得這樣潦草的。但是，要把它們款起來，就顯得很有風情。這是一個漂亮的、成熟的年輕女人，我這是第一次了解到，那個女人也是我。

我的心裡很吃驚。

等我脫下那件衣服，穿上自己的衣服，拿上我買的糖和椰絲球，打開門，看到店裡的小姐拿著空衣架，靠在試衣間外面的牆上，才恍恍惚惚地想到，這小姐一定在外面等了好久。「要嗎？」小姐問。

「我要的。可是得回家去取錢，我身上沒帶這麼多錢。」我聽見自己說。我嚇了一跳，我就是買了一壁櫥的衣服，也從來沒有買過這麼貴的裙子，我們結婚時定做的呢大衣都沒有這麼貴。我怎麼會買這麼貴的裙子呢，還只是全棉的。

但是，我回到家，拿了家裡的活期存摺，到我家門口的工商銀行去取了錢，然後，我回到那家服裝店，交了錢，拿到了我的裙子。我再回到了家，滿滿一陽臺夏天花花綠綠的衣服在風裡輕輕地飄動，誰家開著收音機，在聽上海電台的立體聲廣播，那個女播音員的聲音是我熟悉的，我在方桌子邊上坐了下來，把椰絲球和水果糖放在桌上。我卻覺得自己眞地，眞地是在做夢。

晚上，好容易哄得麗麗睡著了，麗麗手裡緊緊抓住她的小熊熊。那是個用毛巾縫起來的小布熊，麗麗到睡覺的時候，就得用小布熊的毛巾耳朵擦自己的眼睛，像上癮一樣。然後，她就能安靜下來，然後得握著小熊才能睡著。小熊已經很破舊了，可是沒有它，麗麗就不行。我拉上她綠色小鐵床的護欄，那還是我小時候用過的小床，我爸爸媽媽一直好好地收著，現在我的孩子又用上了。這種老式的嬰兒床護欄很高。我往護欄上搭上小毛巾毯，擋住亮光。

魏松看到我把小床圍上了，就從他的椅子上長長地探出手去，打開電視。電視的聲音被魏松一直調到很輕，他也並不會眞地看電視，他討厭電視裡所有的連續劇，可他每天都得讓電視開著，直到他上床睡覺。好在我也喜歡麗麗睡著了以後，我家還有什麼其他的聲音，我一直不怕在電視的聲音裡睡覺和做事。

我拿出那件連衫裙，換上。那條裙子像魔術一樣，當我把它沿著自己的身體一點一點往上拉的時候，我家穿衣鏡前那個原來的我，就開始一點一點變成了另外一個我。晚上有點涼，露在外面的整條胳膊都起了雞皮疙瘩，我聽著隔壁浴室裡鄰居家的洗衣機轉磨一樣地響著。今天那女人沒有發出太大的聲音，好像她也終於有累了想要安靜的時候。我用手把自己的頭髮盤起來按在腦後，好像一個髮髻一樣。從鏡子裡，我看到身後的魏松深深地伏在沒有塗油漆的寫字桌上，一隻手點住報紙，另一隻手嘩啦嘩啦地翻英漢詞典。他又在讀永遠看不完的遺傳學報，每個晚上他都是這樣過的，像一隻永遠都在孵小雞的老母雞。他的寫字桌上亂七八糟放著字典、本子、書和學報，從來不讓我動，他說他在學校裡一直這樣，從小學到研究生，他的桌子一直得這樣，心裡才安生。他的背有一點彎了。電視機的藍光在我身上和我的四周閃閃爍爍，我和魏松的大床上堆滿了黃昏時收回來，還沒來得及疊好的夏天衣服，起起伏伏的，像被踩亂的沙灘。我穿著細長的連衣裙，像一條在藍色海水裡的魚。而魏松翻字典的聲音，就像海裡的波浪。

「你看。」我在他的身後叫他。

他轉過頭來，好像沒有明白過來似地，瞇著眼睛看了我一會，才說：「又買衣服了？」

「好看吧？」我側過身體，用曲線最好的角度對著他。

「妳又買新衣服了？」魏松問。見我點頭，他就開始搖頭，「妳沒看到家裡的衣服都造反了嗎？還買。」

「你不覺得這件裙子特別好看？」我著急地說，「你不覺得我連樣子都變了？」

「看不出來。」魏松說，「就是妖了一點吧。」

妖？怎麼沒有想我是狐狸精呢？

「我從來沒有這麼好看的衣服，我的衣服都舊了。」我申辯說，「去年麗麗在家裡，我根本就沒有買什麼衣服，整天忙她。你也是一天假也不肯請，麗麗缺鈣，不是我帶她一次次去醫院看，人家一起陪孩子去看病的女人，都比我穿得時髦。你沒有看你媽媽，她穿得都比我時髦呢。你本來說要讓你媽媽幫幫我們帶麗麗，我也沒有看到她眞地來幫忙。她倒跟我說，每個人都有自己的事情，我的事情就該是帶孩子，她的事情就該是上老年大學學英語，我眞地不曉得她學了英語有什麼用。」

我自己也知道自己說多了，可就是停不下來。像拉著了一根線頭一樣，說了上一句，自然就有下面一句等著了。我閉上嘴，然後發現自己的手還按在頭髮上，保持著一個髮髻的樣子。於是我鬆了手，頭髮嘩啦嘩啦落下來，蓋在我的脖子上。

「不就是件衣服嗎，我問妳一句，妳就要說這麼多，我也不曉得我媽媽不來帶麗麗，和妳買衣服有什麼相干，眞正吃不消妳。」他說著，不高興地把身體轉了回去。他馬上又向打開的詞典伏了下去。

魏松最怕提到他媽媽食言的事情，我知道他心裡比我還要不高興。因爲剛知道有麗麗的時候，我們的想法不同，我想要孩子，可他怕孩子來了，他沒時間做學問。他媽媽當時安慰他說，她會幫我們帶孩子。可是後來她沒有。魏松本來喜歡在家裡看書，不怎麼喜歡去辦公室和同事們攪在一起，他心氣高，雖然自己是研究所裡等級最低的研究員，可一點也看不起拉幫結派的同事們。他天天看英文的遺傳學報，可也看不起在那上面發表研究成果的外國人，動不動就身體往椅子後面一靠，冷笑一聲，說：「要是我有他們那樣的研究條件和經費，我老早就做出來了。」在麗麗出生以後，他不得不躲到辦公室裡去，到門衛要鎖大門了才回家。麗麗來了，像是對他判了死刑。

我不曉得自己爲什麼成心要讓魏松不高興，好像報復似地。

在魏松背後，我換上自己家常穿的薄絨衫和薄絨褲，這一套也是在出口轉內銷的小店裡買的。沒下水的時候很好看的玫瑰紅色，一下水，褪色得一塌糊塗，差點把浴缸都染紅了。然後再穿在身上，就軟塌塌、皺巴巴的，只好在家裡做家務的時候穿。洗的時候也不敢放在洗衣機裡，它只要一碰到水，就不停地掉顏色，難怪要轉內銷了。我把脫下來的裙子疊好，放到我自己的那一格抽屜裡。把它放下去的那一刹那，我心裡想，要是我沒有買這件衣服就好了，眞是浪費。

我坐到床邊上去，收拾那一床的衣服。

隔壁浴室裡的洗衣機還在隆隆地響著，有時很響地「啪嗒」一聲，停了，然後，就聽到洗衣缸裡的水嘩地沖到浴缸裡。電視機裡演一個外國電影，裡面的人說著拿腔拿調的中國話，西西公主穿著白色的大裙子，從船上下來，走到一條紅色的長地毯上，她的丈夫是皇帝。魏松坐在椅子上一動不動，像一條沉在缸底下睡覺的金魚。

我把麗麗穿不下的衣服放在一邊，檢查了一遍，眞地有八成新的，就仔細疊好，留著送人。麗麗仰天大睡，差不多快頂著護欄了，睡著的孩子顯得那麼長大。她長得像魏松小時候的照片，他們都是大眼睛，鼓額頭，很醒目的樣子。

回想起來，我一直還是奇怪。那時我和魏松去看醫生，因爲我老是噁心要吐，頭昏得不能起床，還大把大把地掉頭髮，症狀很像肝炎。那時我還在醫學院的幼兒園裡，我心裡有一點希望自己得肝炎，這樣，我就不用去上班了。可是內科醫生讓我去化驗小便，看是不是懷孕了。那是個很冷的冬天，化驗室外面的走廊裡冷得要命，只站了一會兒，我的腳就凍麻木了。可我和魏松都站在那外面等，沒有回到生了火爐的候診室去等。我看到化驗員把我的小便滴在一塊玻璃片上，又滴了試劑在上面，輕輕地把它們晃均勻。因爲太冷了，他拿那片玻璃在酒精燈上慢慢烤著，加快試劑的反應。我和魏松手拉著手，默默地望著它，要是有結晶出現，就是早孕的反應。我的心乒乒地跳，我想要一個孩子，想要得要命。我想多少人有了孩子以後，就安定下來，再也不胡思亂想，我也想要這樣。魏松看上去憂心忡忡的樣子，我並不多管他，我認爲他這樣一帆風順的人，不會懂我的恐懼。「求求你，求求你，孩子，求求你就來吧，求求你就來救救我吧。」我望著在酒精燈藍色的火苗上輕輕晃動的玻璃片上的液體，心裡不住聲地求著。直到化驗員站起來，把玻璃片丟進消毒的紅色塑料筒裡，在我的化驗單上，用紅圖章敲了一個「陽性」。這就是我第一次看到的麗麗，她是在一片玻璃上的小小的結晶體。可是現在，她長成一個大孩子了。我伸手去小床裡，摸摸麗麗的身體，軟軟的，暖暖的，她的後背上和屁股上，有很厚的肉。我常常去摸她，忍不住要握住它們，要親它們。

現在我體會到了，魏松那時憂心忡忡的樣子，就是怕孩子來打擾了我們原來的生活。而我，是怕沒有孩子，保不住我們原來的生活。他比我單純，我那時是飛蛾撲火一樣地向麗麗撲了過去。其實魏松也比我聰明，他看到了比我遠的前景，他比我早，就知道了那種生活很難。只是他不曉得，生活對我來說，一直都不容易。

魏松從他的桌子前面站了起來，他出去倒了一杯水回來。他高大的影子在牆上晃來晃去。然後，他站在電視機旁邊喝水，一邊看西西公主拖著她的大裙子，在她娘家的森林裡散步。「如果妳的心裡煩憂，就到大自然裡去吧。」她的爸爸說。

魏松冷笑了一聲，學著蘇北人的口音說：「嚇死人吶，大抒情嗷。」他一看到讓人感動的東西，馬上就會這麼說，把別人剛剛培養起來的感情打斷。

我知道他不想生氣下去，在找臺階下來。就說：「你幫我把疊好的衣服放到抽屜裡去，我來傳給你。」

魏松望了望大床上堆滿的衣服，他一定想說衣服太多了，可到底克制住了自己，什麼也沒有說。

我感到，他對我漸漸客氣起來了，像對玻璃瓶那樣小心輕放，盡量離得遠遠的。他對隔壁家的女人就是這樣的，有時候他要到走廊去，一開門，看到隔壁的女人也在走廊裡，他馬上就會退回到房間裡，等她走了再出門。有時我笑他，他就在門後面搖著頭笑：「吃不消吃不消。」有時我們開玩笑的時候，我問起，他要是娶了那個女人怎麼辦，他遠遠地搖著手說：「妳不要嚇我噢。」他雖然現在潦倒，可心裡還留著在學校裡一帆風順的男人的清高和驕傲不肯放。我心裡動了一下，也許他現在把我也看成是隔壁女人一路的人？抱怨、嘮叨、操勞、瑣碎，就算我不是個悍婦，大概也是讓人心煩了吧。

我是這樣的女人了嗎？我在心裡一驚。

我工作的幼兒園就在我家附近的一條大弄堂裡，是一個帶小花園的洋房。大多數這樣的洋房，花園都沒有人整理，草地是早就死掉了，樹也沒有人整理，長得像野樹一樣。好在我們是幼兒園，有一個園丁專門做花園，所以我們的花園算是保護下來了，只是在草地上造了滑滑梯和鞦韆架。房子裡打蠟的柚木地板，小孩子在上面幾十年又跳又蹦，都沒有走樣。窗子很大，陽光充足，盥洗室裡雖然還是老瓷磚、老浴缸，可還是處處很舒服，這是個上班的好地方。

我的辦公室在屋頂的閣樓上，因爲是醫務室，所以家具都是白色的，有股來蘇爾的氣味。我很早就到了辦公室，開了窗，看到院子裡的白玉蘭本來滿樹的大白花，一天不見的工夫，竟就開始鏽黃了。夏天眞正是要來了啊，連白玉蘭都謝了。

我換上白大褂，下樓去。楚園長已經在門房間等著接小朋友了，我帶了一小盒竹片做的小牌子下去，這是醫務室的重要工作之一，要是在早上孩子來的時候發現身體有點問題的，但是又不夠讓家長領回家的條件，我就把這牌子交給孩子，讓他把它交給帶班的老師，老師就會特別注意他一點。

我過去坐在楚園長的邊上，向她問早。她是我的恩人，要不是當初她決定要我，我就不可能從醫學院幼兒園調出來。楚園長是個喜歡講究的人，大概這和她大小姐的出身有關係吧，那時候她正好去參觀了中國福利會的幼兒園，發現他們那裡每天孩子去上幼兒園，都有一個醫務室的老師爲孩子檢查一下，她覺得這樣的幼兒園看上去就很讓人安心。所以，就決定她的小幼兒園也要這樣做。正好那時候我和魏松結婚，住到這裡附近來，我發現這個幼兒園，我找到辦公室，想要調到這裡來，藉的由子，是我的工作單位太遠，想換個近的。楚園長看到我伸出來一雙護士才有的白淨靈活的手，立刻就說好。其實，我在幼兒園的食堂裡還能保留住這樣一雙手，眞地是因爲醫學院幼兒園裡用的擦手油，全是從醫院勞動保護部門配出來的小白盒，裡面是尿素。

「Good morning, Miss Mary Chu.」有的小孩子見到楚園長大聲用英文問早。那是楚園長教的英文興趣班上的小孩，家長們都搶著要把自己的孩子送到楚園長的英文班上去，聽到自己的孩子用英文大聲地問好，家長們的臉上都驕傲地笑了。

「Morning, Fanny.」楚園長筆直地坐在椅子上，伸手去摸小孩們的頭，她班上的小孩都有一個外國名字。

「Morning, Peter.」楚園長對另一個小孩子說。

「Morning。」那個叫彼得的小孩招呼我說，一邊將他的脖子伸到我的前面，我去摸摸他脖子兩邊的淋巴結，它們滑溜溜的，像玻璃彈珠一樣在孩子軟軟的皮膚下面滑動，很健康。

「Morning。」我也這樣回答他。

他縮了縮脖子，我曉得他有點怕癢，但在楚園長面前卻是乖乖的。

幼兒園裡的孩子都住在附近。聽說早先這裡是一家住在附近幾個有文化的太太自己辦的幼兒園，有點實驗的意思，可剛剛辦起來就解放了，幼兒園歸了街道所有。不過，幼兒園還是由那些新派的太太老師們管著，附近的家長都喜歡把自己的孩子送到這裡來。這個幼兒園裡留著一些老規矩，比如對孩子的教育很重視，對孩子吃的東西也很講究，特別看得起衣著光鮮、又有教養的家長，特別講究家裡住的地段，同事之間特別客氣，絕不多問私事。同事之間的較量，除了在穿著的文雅精緻上，還有看誰彈鋼琴彈得好，諸如此類。

我有時候害怕地想，要是讓這些過去淑女的幼兒園同事曉得我從前的所作所為，我的遭遇一定比暴發戶家長還不如。暴發戶家長來送孩子，楚園長也是笑嘻嘻地拉過孩子的手，摸摸他們的頭，可從來沒有眞正地看他的家長一眼。她的英文班上幾乎沒有暴發戶的孩子。她說，他們的語感不夠好，說上海話時就有點大舌頭，更合適去學畫畫。有時候我眞地佩服楚園長那種棉裡藏針的功夫。她笑嘻嘻、恭恭敬敬的，但是明白地讓你自己曉得，最好趕快離開。好在，楚園長從來沒有問過我的事，從來沒問過為什麼不能畢業。我自己明白自己有一條大尾巴在屁股後面，所以識相做人，小心不要惹惱了誰，惹人家來揭我的底牌。沒有事，我從來在閣樓上的辦公室裡不下去，女老師之間在穿衣服、彈鋼琴上的較量，我從來裝做不曉得，幼兒園老師到區裡開會，楚園長喜歡我們大家都穿得得體漂亮，我從來只穿到中游水平，不出挑，也不丟醜。

「王老師，妳的頭髮要去弄一弄了，毛出來了。」楚園長抽空對我說，「我以為妳調休一天，一定也會弄一弄頭髮的呢。」

我摸了摸自己的頭髮：「是啊，我本來是想要弄頭髮的，可是要先整理夏天的衣服，上街去就沒有時間了。我想要去紅玫瑰燙燙頭髮，上次去剪頭髮，裡面一個江北師傅剪得不錯。可是好幾個人等在那裡，都點名要他剪。麗麗又要接了。」其實我在說謊。

「就是我上次推薦的那個江北師傅，老是吹一個大包頭的那個？紅玫瑰裡有好幾個江北師傅呢。」她說。

「就是妳說的那個大包頭。」我順著她說。

「魏先生還是忙啊？」楚園長問，她對魏松一直有好感，因爲他是醫學院的研究生，還是在研究所裡工作的，聽上去體面。

「就是的，一直一直忙，晚上回來就是看書，那種外文的資料，他工作要用的。」我說。

開始我聽不慣幼兒園裡的同事叫自己丈夫和別人丈夫「先生，先生」的，可她們這麼自然，而且還有一點小小的得意自己不叫「愛人」，也不叫「老公」，和市面上的上海女人不一樣。慢慢地，我也就跟著叫了。從營養室裡出來，我還有什麼事不能夠忍受的呢。我媽媽說，我那些同學在大醫院裡年年翻三班，日夜顚倒，還不如我的工作舒服。「因禍得福了。」媽媽直到我換了工作，結了婚，懷了孕，才眞正說出來她心裡的想法。「因禍得福」，開始我聽了媽媽的話有點刺耳，但我也不能說她說得不對。我能說過去的不是禍，現在的不是福嗎？

「那是應該的，做學問是要這樣巴結的。」楚園長點點頭說，「你們還是幸福的一對啊。」

「是的。」我答應著，但我心裡堵了一下，我們這樣能算得上是幸福的一對，那這樣的幸福就像麻雀一樣小，連普通的小鳥都算不上吧。

我以爲，在楚園長的身上也有一種對女人的威懾力量，她不動聲色地趕著妳向她指出的體面生活的方向走過去。我現在已經學得很會順從了，再也不會像對護理老師那樣毛手毛腳。我只是不想像同事們那樣到紅玫瑰理髮店去找大包頭師傅做一個長波浪，長波浪讓人覺得那麼老，那麼媽媽腔，那麼小家碧玉，甚至我家隔壁的高莊饅頭，這樣的悍婦，在過年的時候也燙過一個長波浪呢。可是我說不出口，我難道還不是媽媽嗎？難道我不是小家碧玉嗎？眞是笑話。

「今天中午十二點半到我辦公室裡來，我們開一個小會，商量一下今年暑假工會組織旅遊的事情。」楚園長說，「我們就是在過聖誕節時用過一點經費開聯誼會，還有錢多下來，可以組織職工去旅遊一次。大家討論討論，想到哪裡去玩。」

「那好啊，我也好久沒有出去透透氣了。」我說。

那個上午，我忙著和街道裡的兒童保健所聯繫給我們的小孩接種的事，可心裡常常想起楚園長說的話，我們可以去旅遊。我還是在上學的時候去郊遊過，畢業這麼多年，都沒有出去過了，好像也從來沒想起來要去郊遊。「如果妳心裡煩憂的時候，就到大自然裡去吧。」西西公主也是這樣說的。她心裡煩憂，就到她家的森林裡去了，那裡還有雪山，還有馬和小鳥。

突然我想到了新疆，新疆也有雪山、馬和小鳥，那是從前劉島告訴我的，吐魯番有火焰山，還有綠色的葡萄。那時，我覺得新疆比美國還要遠。

後來，在中午的會上，同事們並不想在大熱的天到外面去玩，不想曬得黑炭一樣，夏天的火車上又髒，和外地人擠在一起，有臭味道。大家都同意，還是把工會的經費用在辦聖誕聯誼會上比較好。有人笑嘻嘻地說：「要是錢夠用，我們去靜安賓館吃聖誕大餐好了。」我什麼也沒有說，就是心裡不高興。聽到她們想要到賓館去吃聖誕大餐，我忍不住說：「那種地方才是暴發戶去的地方呢。」

在行的人就朝我擺擺手，說：「希爾頓是暴發戶去的地方，靜安賓館還好。」

總之，大家都不願意去旅遊。可是我想，我要去，我自己去。到新疆去。

下班回家的時候，我特地走喬家柵旅行社那條路回家，路過旅行社時，我問了櫃檯上的小姐，他們就有去新疆的旅遊團，教師憑工作證還可以有優惠。我想，我要穿我的新連衣裙到新疆去。我選了最便宜的那種團，乘飛機去，乘火車回。「這種團也沒有什麼不好，都是年輕人去，玩起來更有意思。」櫃檯上的小姐告訴我說。

魏松聽到我想去新疆玩，馬上表示他不高興去，而且他也沒有假期。他可以在家裡帶麗麗，麗麗也可以到奶奶家住幾天。「我媽媽本來就說了，暑假讓麗麗去玩幾天。」他說。不用我內疚自己想把魏松甩開來，他根本就不想去。我一定給了魏松一個假象，讓他以爲我是和單位裡的同事一起去的，他說：「我和一群幼兒園的女人一起去旅遊，人家以爲我是洪長青。」我也沒有特別說明是我自己想去，就一個人去，不存在洪長青的問題。他也沒有特別問仔細。

事情就這樣簡單地說妥了。讓我不能相信地簡單明瞭。

我躺在靠麗麗小床的那一邊，用手握著麗麗胖呼呼的小手，望著沉浸在電視機藍光裡的房間。那天魏松在看他借回來的武打片錄像帶，因爲麗麗和我都睡下了，他自動把電視機的聲音調到最小。他站在電視機旁邊的那一小塊空地上，探出頭去，緊緊盯著電視機螢幕，好像看什麼重大的新聞一樣，看林青霞演的白髮魔女在山坡上飛來飛去。在我看來，那是再難看不過的電影了，可他的態度，比看他的遺傳學報入神多了。我從他緊張得弓起來的後背上就能看出來，這時候，他才打開了他的心。

高莊饅頭又在洗她的東西，她家的洗衣機沉悶地發出轉動的聲音，她的丈夫一定又出門去了，他是派出所的警察，卻難得晚上在家。只要他不在家，高莊饅頭就有可能不高聲罵人，只是默默地洗東西。我在想，我是眞地，眞地要一個人旅行去了。

我是穿著那條白底子紅條的連衣裙上飛機的。果然，我們這個旅遊團裡大多數是大學生，有幾個結伴出來的外國留學生，還有從香港來旅遊的年輕夫婦。我的裙子讓我也看上去很年輕，但是又不像學生們穿得那樣隨便，像魏松說的那樣，有點妖。可我也不像從香港來旅遊的女人那樣從容，她一定常常旅遊，也習慣了穿好看的衣服。

坐在飛機上。我自己都感到了自己有點懵裡懵懂，不曉得手腳怎麼放才好，我是第一次自己出門，爲了玩。去旅行社交錢的時候，我把自己家的那麼厚一疊錢放到櫃檯小姐面前的時候，我心裡都有點心疼了，我這是幹什麼啊？爲了一條裙子，花這麼多錢。我想著，可是就在這時，櫃檯小姐把我的錢一把收了進去，遞給我一張發票。還是魏松勸我，已經準備好去了，就不要患得患失。在飛機上，我老是不由自主地去摸背包，那裡放著我的錢，我的身分證，我的細軟。我曉得這樣做，眞地像鄉下人。

飛機像汽車一樣在地上開著開著，突然大聲地轟鳴起來，衝上了藍天。突然我看到大地傾斜，天空到了我的腳下。然後，它像鳥一樣側著身體轉了個彎，擺正了身體，帶著我，衝上天空的深處。機艙裡響徹著機器的轟鳴聲，就像我心裡的呼嘯聲一樣地響。這時，眼淚突然浮了上來，我終於像飛機一樣不可阻擋地飛了起來，就像一條被人從衣服已經纏成一團的洗衣缸裡硬拖出來的毛巾，滴著水，被拉成了麻花似的一條，簡直就不成形了，可是，終於是被拖出來了。

我跟著旅遊團到達吐魯番的時候，是一個黎明。在平時，六點鐘，也應該是起床的時間了，離我家不遠的小菜場裡已經吵成一片，我該起床來，準備好麗麗和魏松的早飯，還有晚上要吃的魚、肉，從冰箱裡拿出來化凍。然後去上七點一刻的班，跟楚園長的英文班孩子問早。

而在吐魯番，六點鐘的時候還算是在深夜，這裡的天色黑極了，連星星都沒有，天和地，全都黑做一團。只有在路邊等我們的破卡車的大燈，射出兩條短短的懦弱的白光。我還從來沒有見過沒有燈光的大地，在上海，只有因爲燈太亮，而見不到黑夜的事情。天原來可以黑得那麼厲害啊，我心裡想。

吐魯番的導遊沙沙把我們領到那輛破舊的綠色卡車上面，告訴我們現在這樣的時候進市區，只能找到這樣的車子，委屈大家了。沙沙雖然說的也是漢語，但非常生硬，就像同團的那些在北京學漢語的留學生一樣。跟上海去的導遊交接完了，沙沙點我們團的人數，特別拍了一下我的肩膀，像一個大男人對一個小姑娘那樣。在新疆，只有十多歲的小姑娘才會像我這麼細瘦，結了婚生了孩子的新疆女人，都有著又結實又肥大的腰身，她們穿著豔麗的長裙，走起路來，像座山一樣移來移去。也許是這樣，沙沙才會把我像個孩子那樣招呼著。或許還有一個原因，別人都是三五成群的，就我是一個人。他幫所有的客人爬上綠卡車以後，就過來站在我的身邊。

他爬上車的時候，靈活得像隻猴子，我看到他身上帶著一把小刀，刀把上閃閃發光地嵌著彩色的石頭：「它們是寶石啊。」沙沙拍拍腰裡的刀，快活地對我說，「我有這樣的刀，所以妳什麼也不用怕，姑娘。」

我看上去很怕什麼嗎？我想。可我高興他這麼說。我從來沒有受到過這樣的優待，我小心地快活地承受著，裝成自己習以爲常的樣子。上海女孩子都會這一套，我也好久沒有機會用這種手段了。

破舊的車子在戈壁上走著。漆黑的天上不停地發出閃電，地上不時地颳起大風。當大風呼嘯而來的時候，就能聽到四處的荒野裡到處都響著嘰哩咕嚕的聲音。沙沙告訴我們說，那是大風翻動戈壁上的大小石頭的聲音，他說就像大魚在江裡吐泡泡的聲音一樣。戈壁裡的風時而乾熱，時而又涼得刺骨，就像一盆沒有兌好的洗澡水一樣。

戈壁的閃電，是碧藍碧藍的一長條，從天空中直直地劈下來，到最遠方的地平線上，像畫出來的。在藍瓦瓦的閃電裡，我聽見沙沙叫我，我應了一聲。沙沙伸過他的胳膊肘來：「妳抓好我的胳膊，看大風把妳颳走了。」

車上的人並沒有笑，而是非常認眞地彼此把胳膊圈在一起。我說：「是啊，沙沙在把我們帶到一個妖魔鬼怪都會出來的地方去呀，馬上就會有人來吃我們了，就是老早想吃唐僧的那些妖怪。」

還沒等別人接口，平地又颳起一陣狂風，那是一股燙得像火一樣的大風，兜頭撲來，把夾在大風裡的沙子撲撲打進牙齒裡面。我緊緊閉著眼睛，聽那風在戈壁灘上呼嘯盤旋，吹得地動山搖。要是這時有一個長綠毛的妖怪跟著大風出現，大概誰也不會感到奇怪。倒是等那風終於貼著地面而去以後，車上的人都有點怔怔的，不相信這風就這麼過去了。又一個閃電，像一匹紅綢子舞的綢帶一樣，長長地、從容地、威嚴地從整個天空上掠過。

在藍色的閃電裡，我像被突然喚醒的小妖，連想都來不及想，就提起嗓子，發出一聲尖叫。我已經有很多年沒有這樣放肆地驚叫過了，我一直以爲我不會再有力氣，也不會有機會這樣喊叫。我聽到從自己嘴裡發出了這樣興風作浪的聲音，想起來在護士學校讀書的時候，我們班到解剖陳列室去大掃除。一個泡在福馬林藥水裡的頭顱標本被林小育碰了一下，大玻璃缸動了一下，晃動了裡面的藥水，藥水裡的人頭也跟著水輕輕漂浮起來。林小育開始還看著它笑，可是後來就尖叫起來。那時，教室裡大多數同學並不知道發生了什麼事，聽到林小育站在梯子上尖叫，也都跟著尖叫起來。我們班上所有的人都發出這樣的叫聲，整個教室裡都響徹著這樣響亮的尖叫聲。我們心裡都知道這種尖叫不是因爲怕，而是因爲激動，激動於有什麼不尋常的事情發生了。原來我的聲音還是這麼尖吶。

沙沙在閃電消失的最後一剎那，熱烈地望了我一眼。然後，像突然到來的黑暗一樣，他也發出了長長的呼嘯，又尖又亮，像長刀一樣的聲音，緊跟著我的聲音向黑暗的荒原裡殺去。

我感到緊緊壓在我心裡的大石頭、小石頭、灰塵、沙礫，終於被叫喊聲衝開，我滿心都是像打開的街頭消防龍頭裡的水柱那樣高高噴個不停地激動。緊跟著我們，我們旅行團裡的女人們也尖叫起來，原來每個人的聲音都是一樣地尖利，就像我護士學校的同學們在解剖教室裡發出來的聲音一樣。後來，整個團的人都向著閃電飛舞的荒野大叫起來，男人們粗壯的聲音像石頭那樣滾動，沙沙的呼嘯帶領著我們大家。在風停止以後，我們的聲音就忽然變輕了，即使是用盡了全身的力量，還是很快就被漆黑的、無邊的戈壁吸進去了。

好在大風和閃電又來了，它們又一次讓我感到自己是能呼風喚雨的妖精。我站在沙沙旁邊，我說：「沙沙，我眞地高興啊。」我聽到自己的聲音都啞了。

沙沙拍了一下我的肩膀，說：「妳眞地是個奇怪的漢族人。」

是的，我也覺得自己要瘋了。我並不眞地知道自己這是怎麼了。我怎麼在一分鐘裡面，就又回到了二十歲的時候，那種不顧一切的瘋狂感情，像戈壁上的閃電一樣，一下，一下，在我的心裡閃著，從這一頭劈向那一頭。那種東西在我二十歲的時候差點把我給毀了，有了麗麗以後，我以爲它們眞地不會再來了，可是現在它們又再一次回到了我的心裡。

到火焰山的時候，已經是上午十一點了，吐魯番的黑夜變成了陽光像刀、天空像一塊藍布的長長的白天。車裡有了空調，但是坐在窗邊，還是可以感到玻璃外面的熱氣像取暖器一樣射著熱量。沙沙說外面的氣溫有攝氏80度了。同車的女孩子們都緊張地在車裡換上長袖的衣服，戴上帽子和墨鏡，把自己盡量遮起來，怕被曬黑了。香港來的女人在擦防曬霜，我沒有也沒有做，我就想穿著我最好的裙子過一天。

遠遠地，我看到金燦燦的沙漠和藍天的中間，有一座紅色的大山，長長地躺在陽光下。我們的車越來越近，慢慢地看到路邊有被曬死的樹，像火柴棍那麼白，直直地指向天空。大山像在燃燒的火一樣，所有的石頭都是蜷曲著向上。我們的車在山腳下停住，沙沙打開門，我就跟他下了車。像一步跳進了開水裡一樣，大山下就是那麼熱。我一句話也說不出來，感到自己完全已經變成了從冰箱裡拿出來的冰棒，在攝氏80度的陽光下散發著白色的熱氣。

我不知道世界上還有這樣的地方，就這樣毫無遮攔地站在那裡，望著面前無聲無息的紅色的大山。我從來沒有夢想過還有這樣熱烈的大山，在這個世界上，漫山都是紅色的大石頭，看上去像饅頭一樣鬆軟的石頭，像是被熱氣烤化了。通紅的石頭山，像火焰那樣熊熊燃燒著。在山上，沒有一棵樹、一根草，沒有一隻小鳥，沒有一絲聲音。它就熱烈得連生命都容不下。恍恍惚惚地，我聽到後面有人照相的聲音，我聽到沙沙告訴他們，在這裡滾燙的沙地上，很快就能烤熟一個雞蛋。

他們不曉得這裡已經有了一顆快被烤熟了的心，我都聞到它的香氣了。

沙沙過來拍拍我的頭：「要不要我幫妳和大山照相？」

我搖搖頭。

我轉過頭去看沙沙，由於陽光實在太強烈了，天空變成了紫藍色，沙沙的臉幾乎變成了黑色的，我看不清他的臉。我感到自己好像是在做夢，隨時都可以在夢裡軟軟地飛翔。而面前只是在神話故事裡聽到過的火焰山，真地像沒有被孫悟空搧滅以前一樣，終於熊熊燃燒起來了，那是在藍天和黃沙之間通紅的大火。在這樣的地方，不讓妖精顯形，還能夠幹什麼呢？

戈壁是那麼大，閃電是那麼亮，山是燃燒著的火，我感到自己像離開冰箱太久了的冰棒一樣，一點一點在融化成水。這地方讓人覺得，人的生命裡也應該有許多偉大的奇蹟。問它要一些奇蹟，也沒有什麼錯。要是因此會死掉的話，那麼就死掉吧。原來是這樣，原來很早以前的我，還好好地活著，沉睡著，那個容易不顧一切、把自己的生活弄得不能收場的人，只是沉睡著等待甦醒的時刻的到來。當我遇見了，就會醒來。

「要死快了。」我對沙沙說了一句上海話。

沙沙又做了一個照相的手勢。

我突然煩他打擾我，他把我叫醒幹嗎？他知道什麼？我堅決地搖搖頭，轉身向車裡走。別人都已經上車了，個個都在自己的座位上直著脖子喝水。一個女孩子躲在厚襯衣、墨鏡和大草帽裡面對我說：「妳在外面站這麼長時間，要中暑的。」

我點點頭，說：「是的。」

沙沙遞給我一瓶水，水那麼涼，直直地流向我的心。噗地一聲，將我心裡的烈焰熄滅。於是，我眼前的萬物，又變成安靜了，可是也褪色了。我就眼睜睜地看著紅色的大山在車窗前一點點地遠了，我們的車後揚起了一條黃色的塵土，它遮沒了路邊被曬死但卻沒有倒下的楊樹。我把喝剩下來的水撲在燙手的腿上、臉上和手臂上。

沙沙的手握在我前面的椅子背上，他高高地站著，頭髮頂著車棚，對大家說吐魯番的故事。古老的城市，有壁畫的岩洞，關於唐僧的傳說，他的講經臺就在廢棄的古城裡。我望著他的手，一雙男人有力的大手。對上海人來說它們太粗壯了，他的手指上戴著一只粗大的戒指，戒指上有一個長毛獅子的臉。這是我第一次好好地看我們的導遊，他的眼睛是淺咖啡色的，看上去像玻璃彈珠一樣，快活地閃爍著。

吐魯番一到晚上，葡萄園裡就會擠滿了唱歌跳舞和喝新鮮葡萄酒的人，小飯館裡就會飄滿了烤羊肉和麥餅的香味，街道上不認識的人也會彼此微笑招呼，孩子們騎著小馬，在山坡上飛奔。沙沙是那麼熱愛他的家鄉，他把吐魯番說得像天堂一樣好。是什麼讓他那麼容易愛，那麼容易就把自己的愛說出來呢？他的眉毛很濃，在眉心那裡幾乎連在了一起，但就是這樣，他還是有一張快樂迷人的臉。

沙沙突然坐回到我的身邊，他轉過頭來細細地看住我，把他的手在我眼前晃了晃：「姑娘，妳走神了。」

他的眼睛是那麼聰明地看著我，我感到自己的臉紅了起來。我著急自己的臉紅，我是不可以臉紅的，可是我的臉越來越燙了起來，顴骨那裡好像腫起來了。沙沙安慰地拍拍我，轉過了眼睛去。

正午以後，吐魯番的太陽太酷烈了，大家都不上街。沙沙把我們都安頓在房間裡睡覺。要到下午五點以後，才安排到外面去。同伴們都到旅館的大堂裡打電話回上海報平安，然後洗了澡，擦好了潤膚油，用生黃瓜切片敷在臉上，躺在各自的床上。大家已經相熟了，開始講自己的身世。她們都是簡單的人，放假，和朋友一起旅遊，講起來是理直氣壯的。而我太複雜了。

開始的時候，我沒有跟她們一起去打電話。等同屋的人都躺下了，我回到旅館的大堂裡，她們問我是不是去打電話，我「唔」了一聲。我知道自己不會去打電話的，我不想聽到魏松的聲音，好像我也不怎麼想聽到麗麗的聲音，更不想說自己的身世。這時我發現了一個人旅行的好處，誰也不知道你是誰，於是，你就可以忘記很多事。現在我不想說自己的事，不想說麗麗和魏松，不想說幼兒園，就想自己靜一靜。

旅館的大堂外面就是密密的葡萄架，葡萄架上掛著一串串小小的淺綠色的葡萄。白灼的陽光被葡萄架擋在外面，裡面還算陰涼，老式的鐵皮電風扇在頭頂上嗡嗡地打著轉，在一個角落裡，連屋頂上都爬滿了葡萄藤。那是旅館的酒吧，我看見那幾個留學生坐在裡面喝啤酒，我假裝沒看到他們，找到一個角落，不那麼熱的，坐了下來。在那裡能看到窗外葡萄葉子沒有完全遮住的街道。土黃色的街道上，這時候只有陽光直直地射下來，路邊的白楊樹那細小的綠葉索索地閃爍著。白楊樹和葡萄藤覆蓋著的土黃色的小院子都關著門。樹叢中有一座天藍色的圓頂房子，房頂的正中做了一個新月，像上海屋頂上的電視天線一樣衝天豎著。我需要定定神，沙沙說得對，我走神了，坐在那裡，有點不能相信眼前的一切都是眞的。

我也要了一杯啤酒喝，爲什麼我就不可以喝啤酒，只能喝可樂呢，我從來就不喜歡喝甜水。可和人一起吃飯，開聯誼會，到魏松家看他爸爸媽媽，我從來只裝乖，自己要求可樂。通常在飯桌上只有男人才喝啤酒。

啤酒有點苦，但它像滅火器一樣，安靜著我的滾燙的胃和心。慢慢地，我的頭有一點發飄，很舒服地頭昏。我覺得自己好像沒有結過婚，沒有上過護士學校，我還在我家附近的紅磚樓房裡上初中，我的心還沒有亂，我還在安靜地等著自己生活中會出現奇蹟。我從來就相信長大了以後，我是一定不要虛度我的生活的，雖然我不曉得有什麼機會，可我就是天經地義地相信了這一點。別的女孩子不也是這樣嗎，她們相信自己將來一定要有機會找到一個體面的男朋友，那個人會幫她改變自己的一輩子。我從來沒有到過又擠又髒的上海，從來沒有強迫自己過自己原來根本不喜歡的生活，也從來沒有爲自己怎麼長著一顆這麼不溫順的心而緊張，為了讓自己能生活下去，拚命地把它包起來，最好誰都不要看見它，連我自己也不要。

魏松就是個體面的男人，高大、漂亮、有學歷。

我也真地不明白，我是個媽媽，怎麼就不想我的孩子呢？我看見麗麗站在前面，可我的思想一拐彎，就繞開她，走過去。我怎麼是這樣的人？

「妳怎麼不睡覺？」沙沙手裡拿著一本書站在我桌子旁邊。

「不想。」我說，我拉開旁邊的凳子給他坐。他換了一件白襯衣，是新疆男人穿的那種領口繡花的。一定也洗了澡，頭髮濕濕的，很鬈。

他坐下來，說：「我看著妳半天了，妳到處躲著人。是因為心裡不快活？」

「沒有。」我說。我不看他的眼睛，我知道他聰明。所以我問，「你在看什麼書？」

「阿凡提的故事。」

我笑了起來，我小時候也看過阿凡提的故事，還看過一個阿凡提的動畫片。他是再聰明不過的新疆人：「就是那個大鍋子會生小鍋子的阿凡提呀？」

沙沙也笑：「就是他。」

「裡面有什麼好笑的事情？」我問。

「有一天，在沙漠裡，阿凡提看到一個女孩子在路上一邊哭，一邊走，一邊回頭看。阿凡提就問她有什麼傷心事。女孩子說，她好不容易走到泉水邊，盛了滿滿一罐清水，可是在快要到家的時候，把水罐打碎了。阿凡提說，不要哭，也不要回頭看，在沙漠裡打碎了水罐，只能繼續向前走。再找一個水罐，然後再找一眼泉水，再裝滿它。」沙沙翻到摺了角的那一頁，點著那些新疆文，告訴我說。

我明白，他是爲我找到這個故事的。

沙沙說：「我們生活在沙漠裡，就是這麼想的。就是你丟掉了最珍貴的東西，也不要回頭，要接著往前走。可是你們漢人，比我們想得多。」

沙沙伸手過來抓住我的胳膊，輕輕地搖了搖：「妳現在是在吐魯番，是我們新疆最漂亮的地方，最可愛的地方，妳就試一試像我們一樣快活地過上幾天。」

我點點頭：「怎麼才叫快活地過日子呢？」

「想哭就哭出來，想笑就笑出來，這就是快活的日子。」沙沙說，「妳看，我喜歡妳。」

我看著他說不出話來，他接著說，「妳也喜歡我，我知道，因爲妳的臉紅了。」

我也能感到自己的臉像有火在燒一樣。

「這是因爲我喝了酒。」我用手背去冰自己的臉，說。

沙沙聳了聳肩，對我搖頭：「啊呀，姑娘，姑娘。」他握起我的手，認認眞眞地看住我。

我不知道怎麼辦，可我張開了自己的手掌，把我的手掌貼在沙沙的手掌上，他的手，比英文老師的靈活有力，比劉島的熱。他的眼睛，眞地，實在實在太明亮了。我的頭還在發飄，好像自己要飛起來一樣，我想，別是眞地醉了吧。

五點以後，我們跟著沙沙出發，才發現原來吐魯番的黃昏有這麼長。五點鐘的太陽還是亮得像一把長刀，熱得像一條火焰，天還是像一塊藍布那樣。我看到了陽光下寂靜的到處掛著葡萄的街道，有著綠色或者藍色圓頂的房子，刷著白色的土牆，我看到白色的牆上畫滿了綠色細小花紋的寺廟，有一個長長白鬍子的男人坐在圓拱門的陰影裡，默默地握著一本書。

在爬滿葡萄架的坡上，我看到了一些四面的牆壁做得像籬笆那樣的平房，沙沙告訴我們說那是晾葡萄的小屋，綠色和紫色的葡萄被放在那裡，變成了葡萄乾。我想起來，劉島那時就告訴過我說，吐魯番的山坡上到處都可以看到這種曬葡萄的泥屋，看到它，嘴裡就好像有了葡萄乾的甜味。原來就是這樣像竹籃一樣的屋子。

在從葡萄藤遮蓋住的街道上一掠而過的時候，我看到一些圓頂的小房子。比曬葡萄的房子更小的房子，在那些小小的屋頂上，有一根木棍長長地伸向天空，木棍的頂端掛著一彎泥做的新月，像在酒吧的窗外面見到過的藍頂房子上的新月一樣。那些小房子被白楊樹圈著，一彎彎泥做的新月靜穆地掛在細長的木棍上面。我以為那是個風景點，但是沙沙說，那是吐魯番人的墓地。我轉過頭去看，但我們的車已經飛奔而去。

我們的車子沿著一條沙土飛揚的小路一直向前去。高高的楊樹領我們去了一個綠洲，樹越來越密，葡萄藤越來越多，陽光漸漸變成了綠色的。路邊上有一條水道，裡面流著清亮的水，我們停下車去吃葡萄。

我看到了漂亮的咖啡眼睛的新疆人，女人們穿金戴銀，手指上和脖子上都戴著粗大的戒指和項鍊，渾身上下都是花的，那是在上海不能想像的扮相。有個小孩子蹲在水井邊上向我微笑，這是我第一次看到一個不認識的小孩子向我微笑，什麼也不爲，就是因爲我的眼光撞到了他的眼光。我過去摸他的頭，他的頭髮裡窸窸窣窣的，好像有沙子似的。看到我去摸那孩子的頭，一個手裡正在忙著的年輕女人向我笑了笑，她笑得像狐狸一樣聰明和漂亮，又黑又長的眉毛向鬢角飛上去。還有一個娃娃床，就放在陰涼的水井邊上，裡面躺著一個很小的孩子，蓋著五彩的花被，頭髮是淡黃色的。娃娃床上畫著五彩的圖案，還描著金邊，像一個小小的皇宮，那也是她的孩子。我突然想起來王家姆媽告訴過我，在我小時候說過，等我長大了，要生一百個孩子。

我常常和沙沙的目光相遇，像我們的手掌曾經貼在一起那樣，我們的目光也在那個長長的吐魯番的黃昏裡貼在一起。

吐魯番的黃昏是那麼金紅，那麼長，大樹下的空氣是那麼清涼，用井水洗乾淨的葡萄是那麼清甜，有時候我的眼睛裡會突然就湧出許多眼淚來。我覺得自己好像在這裡生活過一次一樣，心裡是那麼親切。這一生是第一次，我遇到誰的眼光，就向誰微笑。我像一條魚一樣，自由地在沙沙的目光和吐魯番漫天金光的黃昏裡游來游去。

在離開坎兒井的路上，沙沙走在我旁邊，他說：「妳如果跟我回家去，到我家的山腳下，我家的羊群裡去，妳也會變成一個每天用羊毛織地毯，吃烤羊肉，每夜都跟著手鼓跳舞的歡快的女人。妳會很快壯實起來的，長得又豐滿，又可愛，又結實。妳能夠在中午跳舞都不累，妳也能生十個孩子。」

「就像那個在坎兒井邊上遇到的女人一樣？」我笑著說

「就是那樣。」沙沙點著頭，「我也會做那種娃娃床。妳知道爲什麼要把娃娃床做得高高的？是因爲有時候要把它們放在馬背上，和馬褡子掛在一起。」

「晚了，沙沙，已經太晚了。」我笑著說。

如果我出生在沙沙的家鄉，我會早早地就當他的妻子，穿豔麗的裙子，把眉毛畫得黑黑的，向鬢角飛去。我也要生十個孩子，把他們的小木床掛在馬褡子上。可是，我沒有，我出生在上海的弄堂裡，我家的後門是我們房子裡四家合用的大廚房，王家姆媽在那裡全副武裝著燒好吃的。

「是啊。」沙沙也點頭。

在好像永遠都不會天黑的黃昏，我們在葡萄園裡跳了舞。我知道，我們團裡的人都猜我是個有過感情創傷的老姑娘，一個人出來散心的。所以我才老躲著幸福的人們，而且行爲和常人不一樣。一開始跳舞，他們就叫沙沙來請我跳。我就和沙沙跳起來。沙沙帶著我飛快地轉圈，不像別人那樣腰桿筆直地跟著音樂在地上滑動。沙沙整個人都融化到了音樂裡，我放在他肩膀上的手能感覺到，他的身體輕輕地跟著每一個節拍動著，就像音樂在他的整個身體裡蕩漾著，他得像音樂那樣動才行。我在他的手臂裡，跟著音樂，眼前什麼也看不清。開始我像楚園長訓練我們的那樣，直著自己的背，只看沙沙靠我這一邊的耳朵，像一個淑女，可沙沙根本不理這一套。後來我怕自己會摔倒，但我緊握著沙沙的手掌，根本停不下來。他跟著音樂撮起嘴唇吹起了口哨，像鳥叫一樣地婉轉，我曉得這是他的鼓勵，於是，我跟著他轉啊轉啊，我看到白楊樹的綠葉子在天上索索地抖著，像是水面上細細的波紋。那時我突然想到，要是現在死掉，會不錯吧。

中午大家都睡覺的時候，我還是睡不著。躺在床上，看著拉緊的窗帘下漏出來的陽光，像不鏽鋼那樣地硬和亮。我在想曾看到過的吐魯番的墓地，裡面有一彎彎泥做的新月看護著墳墓。我在想劉島。劉島的骨灰最後也是由他部隊裡的人來上海帶回新疆的。我並沒有仔細地問過劉島他的部隊到底在哪裡，我只記得他要在吐魯番下火車，然後再乘汽車。所以我不知道，要是他有一個墳墓的話，是不是就在吐魯番。他說過，吐魯番是個長著滿街葡萄的地方，人們喜歡唱歌跳舞，喜歡吃羊肉。當時他說的新疆，像大風颳過我的耳朵，現在，我一一把劉島的話想了起來，他說的沒有錯。那時我眞奇怪，我好像一點也不關心劉島他到底是從哪裡來的，我只在想自己要怎樣怎樣。我想，劉島應該就是躺在那樣的墓地裡，他的墳墓的頂上，也應該有一彎新月守著他。

我想要去看看他。

於是我起床出去找沙沙，沙沙正在床上像蠶一樣昂著他的頭，他的頭髮是栗子殼的顏色。

他正在看一本新疆文的書。沙沙沒有認眞問，就說好。

他找來了兩塊白色的床單，一塊幫我兜頭裹起來，連額頭都遮上了，只露出眼睛。

「這樣太陽就傷不到妳了，也可以保持通風。」沙沙說。

他把自己也這樣遮了起來。這樣打扮讓沙沙變得比穿在長褲和汗衫裡英俊多了，他的眼睛像寶石一樣在白色的被單邊上閃光，就像在電影裡看到過的人一樣。

「你眞漂亮。」我看著他說。

他笑著伸過頭來親了一下我裹在被單裡的頭，晃晃自己的腦袋說：「是啊，這是我們新疆人的漂亮。」

我們衝進了吐魯番七月的酷暑之中。開始的幾分鐘，熱氣逼得我無法呼吸，眼睛也被陽光晃得睜不開。沙沙找來了一輛歇在樹蔭裡的驢車，我們真地像阿凡提一樣，坐到了驢車上。驢車搖搖晃晃地在路上走，我的眼睛漸漸適應了陽光，我的身體和著驢車一起搖晃著，輕輕撞著沙沙的肩膀，他把自己的肩膀迎過來，讓我靠著。他的身體像一團火那樣熱，可是我還是捨不得移開自己的身體，中午街道上的毒日頭裡，我們的身體來不及出汗，就被乾熱的空氣蒸發掉了。我感到自己像一塊冰一樣正在化掉，可是我還是捨不得離開沙沙的肩膀。靠著他，我的耳朵嗡嗡地響，我的手指變涼了。

我們到了墓地，路過一個有坎兒井的小樹林，我在那裡採到一些野花，我想到了從前我買過的一枝扶郎花，劉島轉移到危重病房裡的時候，它還沒有謝。我買到了那瓶進口的果珍的時候，也曾一路飛奔回到劉島的身邊。

墓地裡一個人也沒有，滾燙的沙地上，白楊樹在墳墓上一動不動。那些泥做的圓頂墓穴，其實被做成了通風的矮屋子，從敞開的小門外面，能看到裡面放著長長的棺材。有的是獨自一個人的，有的是並排兩個人的。我看到一個小矮屋，圓頂上原先大概塗過藍色，但是已經褪得差不多了，可頂上的新月還端端正正地彎向天空。裡面放著一口棺材。我對沙沙說：「我想就在這裡吧。我的朋友，他一定是獨自一個人的，他是個孤兒。」

沙沙點點頭，站了下來。

黃色的沙地上，安放著撲滿了塵土的棺材，那個死去的人就獨自安靜地躺在這裡。我用手把上面的沙土拂乾淨，把我的花放在上面。那些紫色和黃色的小花，像落下的眼淚那樣沙沙地在那上面響了一聲，我的眼淚也突然湧了上來。我望著沙沙，想要告訴他，這是我第一次想和一個人說說我和劉島，可我卻不知道怎麼說，從哪裡，說什麼。我張著嘴，聽到自己發出了難聽的聲音，那根本就不是一句話。沙沙過來拍拍我，然後，把我的頭放到他的肩膀上去。他說：「娃娃，妳就說出來吧。」我也拚命想發出聲音來，它們就在我的喉嚨裡，那麼硬，那麼多，那麼疼，卡得我不能呼吸。可是，我什麼聲音也發不出來，只會一陣陣地抽泣。那些抽泣那麼猛烈，讓我窒息。我想我應該直起身體來喘氣，可我不能離開沙沙的肩膀，我得緊緊地貼著他。

沙沙從後面抱住了我，他的臉貼著我的臉，他說：「大聲地哭啊，娃娃，大聲。」我現在連大聲地哭也不會了，原來我變了那麼多，那麼多啊。在淚眼婆娑裡，我看到我的那些野花很快地被熱空氣吸乾了，變成了乾枯的花朵。

最後一個晚上就這樣到了，我們就該離開吐魯番，回上海去。沙沙按照他答應我們大家的那樣，半夜以後，帶我們去本地人的葡萄園，和本地人一起跳舞。半夜以後，一般的旅遊者都離開了，這時候吐魯番的葡萄園才真正是吐魯番人的。

這最後一晚上，大多數人都買了回去送人的戒指、地毯、葡萄乾和新疆小刀，所有的人都曾經在賣花布的櫃檯前流連，可也都知道這樣的花布到了上海什麼也做不了，它會把上海人的眼睛給晃花了的。所以，到底沒有人眞地買花布。每個人也都整理好了各自的行李。全團的人都感覺到自己要跟一生中的好日子告別了，所以，每個人都有點蠢蠢欲動。女人們都在臉上用了很重的化妝品，剛來的時候還不是這樣，現在人人都像新疆女人那樣，畫著長長的眼尾。我也是。到這時我才發現，我化妝包裡的眼線筆，在去火焰山的那天，被曝曬過，鉛芯一定是融化過了，它比原來的長得長多了。

最後一晚上我們去一家葡萄園邊上的小館子吃烤全羊，大家擠著坐在新疆人的地毯上，熱烘烘的空氣裡充滿了羊肉和新烤的麥餅的香氣。大家互相開著玩笑，把男男女女配好對，說定了跳舞的舞伴。連本來在我們團裡和人相處一點不知所措的那對香港人，也笑呵呵地答應分開，和別人跳舞去，還問要不要把手指上的結婚戒指先脫下來。大家心裡都肯定我和沙沙會單獨在一起，他們總是望著我和沙沙笑，說：「你們兩個人我們就不管了。」沙沙也笑著用刀靈活地割下羊肉來，回嘴說：「你們自己不要丟了就好。」

坐在飯桌上，望著天一點點暗了下去，漫天的霞光從金色變成了深藍色，很大的星星一片片地掉了出來，漸漸布滿了天空。從葡萄園裡傳來了急促的手鼓聲，那暴雨般的鼓點，眞敲得人靈魂出竅。

深夜的葡萄園的空地上，到處都是舉過頭頂轉動的、戴滿了戒指的手，到處都是切開的金黃色的哈蜜瓜，到處都是轉成了一把傘的花裙子。新疆的曲子是那麼熱烈，那麼含糊，好像已經醉了一樣。把一張臉跳得通紅的，一定是那些被像沙沙這樣的人領進來的漢人，他們通紅臉上的笑，不像吐魯番的人那樣自由，而是有一點瘋狂。

沙沙領我到葡萄園深處去，正跳得大汗淋漓的香港人大聲衝著我們說：「祝你們良宵快樂。」我明白他們會想像我們做什麼事。我緊緊握著沙沙的手，跟著他向葡萄園深處的坎兒井和樹林那裡去，我也不知道我要做什麼，我的心乒乓地跳著，就像手鼓的聲音一樣著急。四周是成行的葡萄架，我們經過時，葡萄葉在我們的身邊發出沙沙的響聲，漸漸地，燈火遠了，我能看到月光照亮了發白的沙地，然後聞到了坎兒井流水的森涼的氣味。我們走到了楊樹下，我們在楊樹下互相親吻。透過沙沙的鬈髮，我望到月光下的楊樹葉子在索索地顫抖著。我想起了魏松和我新婚的晚上，當魏松解開我的衣服時，我也這樣顫抖過。我並沒有對那些事很不習慣，也沒有很高興，後來，我也知道了那裡面的樂趣，可是，在我的心裡，我卻有一點失望，因爲我不覺得那是優美的行爲。沙沙的嘴唇很靈活，也很溫柔，像一個小孩在吃他最喜歡的冰淇淋，那樣全心全意地開心。

沙沙的皮膚漸漸地變熱了，手指也漸漸地重了，我懂得他要什麼，但我的心在懂得了他要什麼的時候，突然就縮得又小又硬，接著我的身體也變硬了。

我對沙沙說：「你不知道，我在你的身上，放著我一生的夢想，你是我的偶像，你不是眞的人。」

「我是眞的。」沙沙拉住我的手，放在他的身上。

「你不是眞的。」我縮回自己的手，去摸他的臉，他的眼睛在臉上深深地凹進去，睫毛又密又長，他的鼻子像山頂那樣尖和結實，他臉上的鬍子渣像沙子那樣，他是一個夢想。沙沙用他變得火熱的嘴唇咬住我的臉，我的頭髮和耳朵，他說：「妳這個想得那麼多，只做一丁點的漢人娃娃啊。妳像冰河上的冰山一樣，只露出一點點來，不知道在水下面還藏著多少冰。」

我說：「我也不知道。」

當沙沙把他的手再一次伸進來的時候，我推開了他。我不能，也不肯讓他打碎我心裡的幻想。肉體的愛情是生活中的男人和女人要有的，是我和魏松的，可我和沙沙不是這種關係。

沙沙張著他的兩條長長的胳膊，他望著我問：「妳不愛我嗎？」

我過去抱著他的脖子，我想要說，可我還是不知道怎麼說，從哪裡開始，說什麼。我的眼淚又流了下來。沙沙安靜下來，他用自己的嘴唇來擦我的眼淚，我從前總是爲流淚而害羞的，總是認爲眼淚是最沒有用處的東西，是魏松用江北話嘲笑的那種「大抒情」，我總是強忍住眼淚。到了吐魯番，我在沙沙面前成了一個愛哭的人了。

他說：「你們漢人都是這樣的嗎？」

我說：「也許別人不這樣，可我是這樣的。」

他嘆了一口氣，重新抱緊我：「我會一直記得妳的，妳是河流上的冰山。爲什麼妳把日子過得那麼累，要想那麼多呢？」

我說：「我不是你，沙沙，我得回家去，我得住在離吐魯番那麼遠的地方，我可不想把水罐不小心打碎了，因爲我來不及再走一次取水了。我得很小心很小心。」

沙沙點頭說：「我眞想看見妳在我家門口的大草場上騎著馬的樣子，妳一定是個好看的女人。」

我說：「等我的下一世，一定會投生到那裡去。我就做那樣一個女孩子，騎著馬，唱著情歌來找你。我經過你家的門口，等著你出來。」

沙沙說：「我會等妳的。或者我早就變成了那匹妳騎著的白馬。妳喜歡白馬嗎？」

我說：「是啊，我騎著的就是白馬。」我心裡突然難過起來，「你和我結婚嗎？」

沙沙點點頭：「我把結婚用的東西全都準備好了，等妳來。」

我說：「我要爲你生十個孩子，你也要做好一個結實的娃娃床，不要不結實，從馬上把我的孩子摔壞了。」我的眼淚開始往下流，它們悄悄地流進了我的嘴裡面。

「我會和妳每天晚上都通宵跳舞的。」沙沙答應我說。

後來我們不說話了，我們在白楊樹下聽葡萄園那一頭傳過來的歡快的歌聲，看在盆地上空很大、很亮的月亮一點點在楊樹的碎葉中，從天空的中央向旁邊移動，等待著我們永別的時刻。我摸著沙沙的頭髮，他的頭髮很軟，耳朵邊上有一些短短的鬈髮，可以繞在手指上。我猜想，很可能在我的一生中，只有這樣一個晚上符合我對生活的想像，它十全十美。我悄悄地流著眼淚，因爲不想讓沙沙知道我在流淚，所以我長長地伸著舌頭，把流到嘴邊的淚水都舔到自己的嘴裡去。我對自己說，我終於終於，等到了這樣一個晚上。我撫摩著沙沙的頭髮，就像撫摩著我期待了那麼久的心。我想我還是幸運，雖然我等了那麼久，等得連自己都不知道是在等了，可是最後，還是等到了。這不是生活中的奇蹟，又是什麼呢。

我想現在我已經學會了怎麼保護我的夢想。可是我不知道這是我這學會了節制，還是學會了自私？我從來就是自私的人，所以，我想自己是學會了把自己想要的一個幻夢死死抓在手裡，小心不弄壞它。在我年輕的時候，我已經弄壞夠多的東西。

我們分手的時候，沙沙用力地吻了我整個臉，我也這樣吻了他。我們說，這樣用力的吻，是爲了下一世見面的時候，再吻一下，就能夠想起來，不會認錯人。

回上海的火車要花好幾天時間，火車上很髒、很熱，茶杯要是不蓋上蓋子，開水上面就會漂一層黑色的小灰塵。但這對我都不是太大的問題，我一離開吐魯番，就上床去睡覺了，我睡了那麼多，連飯也不吃。同團的人都以為我是傷心，都來拉我去吃飯，跟我開玩笑說身體是革命的本錢什麼的，可是我不傷心。他們不知道，要離開沙沙和吐魯番，他們才能永遠在我心裡，而且再也不會被弄壞。有什麼比這更好的呢。我睡得那麼好，就像吃飽了熱呼呼的東西以後，馬上就上床睡覺那樣篤定。

有時候我也醒來，躺在枕頭上，看著火車飛奔著經過一些灰濛濛的城市。我看到鐵路兩邊的樹葉上蒙著發白的塵土，看到陽臺上堆著壞掉的娃娃車，窗戶上吊著褪色的薄窗帘，窄窄的窗檯上，在掉了瓷的臉盆裡種著太陽花，小小的彩色的太陽花，跟著太陽花的方向擰著自己的身體，向一邊倒去。也看到被我們的火車攔在路邊的人們，女人們靠在自行車上，又累又乾的臉，像褪色的塑料娃娃。一個大肚子的女人，穿著男人穿的寬大的汗衫，已經腫脹起來的手上，提著裝滿了蔬菜的網兜，在火柴盒一樣四四方方的居民樓前面搖搖晃晃地走著，張著兩條腿。我知道這是因為肚子裡的孩子太重了，已經壓斷了恥骨聯合上的韌帶，要不這樣張著兩條腿走路，會很痛的。她也已經把頭髮剪成很短很短的那種，準備好了要去生孩子。她也有一張像灰塵一樣發白的臉。除非是心累了，世界上沒有哪一種生活能讓人的臉變得這麼蒼白而疲勞。

我在枕頭上望著她們，想，要是我沒有去吐魯番，有一個人在火車上看到我在路上走著，大概也是這樣的人吧，就像是離開了水的魚一樣無論如何也沒有希望。

無論是睡著了，還是醒來，我都在心裡慶幸自己終於等到了吐魯番。

我知道自己已經不一樣了。我在集市上買了一塊紅色的新疆地毯，一塊新疆桌布，是紅色和金色織在一起的，還有鐵做的細脖子花瓶。我想，等我回家以後，要好好打掃，把家裡收拾得像新的一樣，把陽臺上堆著的那些沒有用，也沒捨得扔掉的東西全都扔掉。我和魏松結婚這麼些年，一直沒有把家具重新搬一搬，徹底地收拾一下。我還買了新疆姑娘做裙子穿的大花布，我肯定不能在上海做裙子穿，但它們可以做我們家的窗帘，晚上拉上窗帘的時候，花花的一大片，一定是漂亮的。我的手指上戴著四個新疆買的戒指，都是很大的戒指，占住了半個手指。我會把自己打扮得很漂亮，畫長長的眼尾，跳起舞來，轉得裙子都不粘腿。

就是帶著這樣的雄心壯志，我回到上海，回到家。在弄堂裡我就看到魏松的大汗衫在我家的陽臺上晾著，拖得長長的，被太陽曬得褪了色，像件道袍。我想應該給魏松買些新的衣服了。

下午兩點多鐘，房子裡沒有什麼人，有一股蚊香的氣味。每到夏天的晚上，家家都點蚊香，要是晚上到走廊裡取什麼東西的話，能看到走廊裡沉浮著灰白色的蚊香的煙霧。所以整個夏天，我們的房子裡總是散發著蚊香的氣味，多大的風也吹不散那種氣味。樓梯上還是堆滿了東西，都是不用的紙箱子、娃娃車，樓梯的扶手上甚至還綁了一輛女式的小輪子自行車，那是高莊饅頭原來騎著上班的，後來她說騎車太累，就改乘公共汽車。底樓廚房的油氣每天每天熏上來，她的車上粘滿了油油的灰塵。樓梯的窗戶上用白繩子吊著一塊鹹蹄膀，那也是高莊饅頭家的，她說鹹肉放到冰箱裡容易哈掉，得在自然風裡吹著。她就是這麼一個隨便什麼小便宜都要占的人，要不是魏松常常阻止我和她計較，我大概會和這樣的鄰居早就翻臉了。魏松每次都說：「妳和她多說什麼，妳是誰，她是誰，嚇死人了。」我明白魏松的意思，高莊饅頭比我垃圾，所以我不能和她一般見識。從前在醫學院幼兒園裡受氣，魏松知道我心裡悶得過不去，也是這樣勸我。他這個人，一臉驕傲的樣子，像那些當著優秀學生長大的人一樣。現在不修邊幅，可臉上還是一團憤怒，那是連自己也看不起的樣子。

我的家看上去比從前小了好多，猛地一眼望去，我們的大床突然矮了好多，竹席紅紅的，因爲上面吸足了汗。我走以前在家裡穿的背心裙，淡黃色底子，綠色小花的，現在還掛在門後。魏松的桌子上還是亂糟糟的，他放詞典的白色小推車把手上，留著發黑的手印子，是因爲好久都沒有用濕布擦的關係。爲了讓房間顯得大一點，我們在壁櫃的門上裝了兩面鏡子，鏡子上也有不少手印，那是麗麗留下來的手印子。她喜歡看糖是怎麼在嘴裡化掉的，一吃糖，就到鏡子前面去了。我的家，眞地就是這樣潦草。

剛結婚的時候，我每天花幾個小時收拾這間屋子，擦灰，擦乾淨鏡子，擦亮打蠟的地板，拍乾淨床單，檢查米和乾貨是不是生蟲，爲魏松和我自己燙襯衣，洗乾淨褲子和襪子，把家裡收拾得乾乾淨淨才罷手。但是，每天每天，灰塵又積起來了，鏡子上又有不當心碰上去的手印子了，家裡有小飛蛾在燈下面亂撞，是什麼東西，一時來不及吃，又生蟲子了。和家務的鬥爭中，我永遠都不會勝利。所以我的家，就成了這樣。

我放下行李，坐下，盤算著要從什麼地方開始收拾家，把地毯鋪在什麼地方，什麼時候把麗麗接回家。

這時，就是那麼偶然地，我看到魏松的桌子下落了一張紙，粉紅色的，是魏松實驗室的實驗報告紙。他常把這種紙帶回家來，當草稿紙用。我就近彎下腰，把它拾起來，打算扔掉。我看了一眼，上面的字一行一行的，像是寫的詩，還是兩種不同的筆跡的。我覺得熟悉，也覺得奇怪。開始，我以爲魏松抄的，他居然還有心思抄這麼幼稚的肉麻的話，這是讓我奇怪的地方。

「和妳在一起，我發覺自己又可以呼吸了。妳是我心愛的人。」這是魏松的筆跡。我能認出來他的字，他人雖然長得高大，可字卻小小的，十分秀氣。

「我也愛你，我愛看到你現在的樣子，你看上去煥然一新，你的樣子讓我感到幸福。你是我的親愛的怪獸，你也是我的王子。」這是另一個人的筆跡，也是秀氣的字，可不是魏松的字，還有人跟他一起抄這種話？我心裡奇怪。

「我願意是妳的王子，但我是麼？我怕自己永遠是怪獸，沒有一個好女孩子愛上我，讓我能夠變成王子。」這是魏松的。

「我已經愛上了你。我絕不會讓你成爲怪獸的。」這是另外一個人的字。

「會嗎？我的親愛的，親愛的小姑娘，親愛的，親愛的，親愛的。」這是魏松。

我想起來，在我和魏松戀愛的時候，他就很害怕當面說熱烈的話，他老是拉著我坐在他腿上，他一句，我一句，往紙上面寫。爲了和魏松寫這種字條，我特地猛練字，就怕自己寫的字不夠漂亮。當時我們也是這樣一句一句往紙上寫。所以我在看到這張紙的時候，會覺得熟悉。可，另外的字體不是我的。

這時，我才反應過來，這是魏松和另外一個女孩子寫的情話。這就是說，魏松愛上了另外一個小姑娘。她也坐在他的腿上，和我那時候一樣。她對魏松說，「我愛上了你，我絕不會讓你成爲怪獸的。」那口氣也是我熟悉的，就像我對我的英文老師說話的口氣，一樣地霸道，一樣地一廂情願，就是那種以爲自己可以把男人從發霉的日常生活和討厭的中年婦女包圍中拯救出來的豪情，那種一定要得到偉大的愛情的決心。

難道現在，我是像英文老師的妻子那樣的中年婦女了嗎？我在幼兒園工作了這麼多年，還不懂得童話嗎？她要把魏松從我的生活裡救出去，就像那個童話故事裡說的那樣，她對怪獸說了「我愛你」。怪獸慘叫一聲，倒在地上，然後醒來，就成了一個英俊的王子，他們於是幸福地生活在一起。

魏松愛上了別人，這是什麼意思？我費力地想著。他爲什麼？她是誰？他們想幹什麼？我怎麼辦？我得和魏松離婚嗎？那我媽媽的擔心要成爲現實了，她本來就覺得我配不上魏松的，魏松比我好看，出身和背景都比我好，前途也比我好，他從前的女朋友是大學的同學，也比我有出息。所以媽媽說我是因禍得福，要不是我的幼兒園和他研究所的單身宿舍緊貼著，我那時老是下班以後留在幼兒園裡學鋼琴，他住在單身宿舍裡準備出國進修的英文考試，大概我不會有機會認識他。那天黃昏時候，我們在幼兒園外面的臺階上遇到。魏松認出我就是那個從前的實習護士，爲了和一個白血病人的事鬧得一場糊塗，那時他是那家醫院的實習醫生，他有一個又聰明又漂亮的女生當女朋友。他聽說了我和劉島的事，還是他和他的同學們到食堂裡買飯，遇見我，他的同學告訴他的。他覺得我是個發瘋的小姑娘。要是他沒有過來跟我說話，後來又送我回家，就不會有我們的姻緣。媽媽從來就是這樣認爲。魏松和他大學裡交的女友分了手，那個女孩馬上就到美國去念書了。開始我對魏松沒有非分之想，雖然那時候找一個大學生是最吃香的了，何況是醫學院的研究生。後來我們很順利地結婚了，我沒有多想我和魏松配不配的事，我們是夫妻。可是我現在知道，要是魏松離開我，我大概再也找不到他這樣的人了。魏松要是離開我和麗麗，大概可以和那個「小姑娘」在一起吧，她不是要把他變成她的王子嗎？

我站起來，到魏松的桌子上去翻。因爲我從來不翻他的桌子，所以他的抽屜全沒有鎖，我連他的桌子都不擦，因爲魏松很恨別人碰他桌子上的任何東西，也就是些書、雜誌、草稿紙和詞典，可他就是不讓動。爲了麗麗翻東西，他就打她，從小就把規矩做好了，連麗麗都繞著他的桌子走路。他的桌子上也有一種他頭髮上油哈哈的味道，因爲他洗頭髮要人催著才洗。我不明白那個女孩子怎麼會喜歡這種油哈哈的男人，她以爲她眞是仙女，可以點石成金的嗎？這種遊戲，我在十七歲的時候就玩過了。

大概是因爲不習慣，我拉開他抽屜的時候，心蹦蹦地跳。第一格抽屜裡整整齊齊排著他的卡片，那都是他專業的英文詞，正面抄著英文，反面抄著中文。裡面有好些，是他那時考公派出國進修時做的卡片，後來他爭取的那個名額被人家在北京開後門頂掉了。我有了麗麗的那一年，他又考過一次，這一次是被所裡的同事開後門頂掉的，魏松英文考得比他好，可他和所領導的關係比魏松好。我那時就說，大概得送菸酒炸藥包去吧，可是魏松死也送不出手，說這是侮辱他的人格。只知道坐在桌子前面整晚整晚地翻書，其實是在生悶氣。那時候，我也在想辦法往楚園長的幼兒園調，我曉得魏松的脾氣，就叫我媽媽陪著我去給楚園長送東西。媽媽先看準了楚園長這個人，回家準備了人家從香港帶來送她的絲巾和粉盒，結果一次成功。楚園長還眞地喜歡那條絲巾，常常襯在西裝領子裡面。

第二格抽屜裡是他寫的文章，有些是用那種粉紅色的實驗報告紙寫的草稿，雖然他拿不到獨立的課題做，可是他還是不停地寫他專業上的文章。那些都是我一點看不懂的，我草草地翻過去。看到有一行行分開來的，仔細看，卻是魏松文章最後的注釋和索引，一行行，都是英文的，這是魏松多少個晚上的時間變成的。他開著家裡的電視，可是從來都不正眼看電視一眼，電視的藍光閃爍著照亮他埋著頭的半邊身體。我記得我躺在床上看愚蠢的電視節目，像在小菜場上攤頭上看到的魚那樣，張著嘴，一口一口地喘著，到處都是牠不需要的氧氣，但沒有一滴水。

下面的小櫃子裡，都是魏松存的武俠小說，金庸的、古龍的、柳殘陽的、蕭逸的、還珠樓主的、倪匡的、陳青雲的、梁羽生的、臥龍生的、諸葛青雲的、上官鼎的、東方玉的、司馬紫煙的，還有一大堆日本人名字的書。這是魏松後來著迷的東西，看得把吃飯睡覺都廢了。最厲害的時候，就是我要生麗麗的時候，我的羊水已經破了，要馬上去醫院，魏松還在我已經準備好了的住院用東西的包包裡，塞進他的書去。我後來在家庭病房裡生孩子，本來就是爲了他可以陪在旁邊壯壯膽，開始他不想陪我，說他不想看我受苦。他想要他媽媽來陪，我當時又氣又怕，連哭帶罵地揪住他不放，連生孩子都顧不上。他這才留下來，用一隻手拉著我的手。我知道他另外一隻手裡，一定是握著他的武俠書，就像上了鴉片癮一樣。連來接生的醫生都說他眞地是個書蠹頭。他唯一看電視的時候，也就是看武打電影的錄像帶。

但是那些帶子通常都是他到弄堂口一個私人開的租借小店裡，用身分證押在那裡借來看的，一天四塊錢，看完就還了。有時候他一晚上要看兩個電影。那些都是他的精神鴉片，我最恨的東西。我翻了翻他存的書，他有一套《神雕俠侶》是新的，還是繁體字版的，在一大堆破爛書裡顯得氣概不凡，像是個禮物似的。我覺得異樣，就找出來翻，裡面什麼字也沒有，可是夾著兩張用過的電影票，是新光電影院的。有了麗麗以後，我們幾乎不可能一起去電影院看電影的。

在書的下面，還壓著一張粉紅色的薄紙，我心驚肉跳地看著它。

「我在車站等著妳，看到鄉下人搬著行李等車，看到滿身灰塵的長途汽車等在車站上，要開到遠方。也想和妳一起到遠方去，到什麼人也沒有的地方去，只有山水和我們兩個人。」這是魏松的字，他眞地要離開我和麗麗，要和那個女孩走。

「我在人群裡看到你，你像一個外星人一樣陷落在那群忙著奔向他方的地球人中間，我很心痛，人的生活不應該是這樣的。我們一定要逃出去。」這是那個女孩的字，她也要逃，而且要帶著我的男人一起逃，我從前原來是這麼自私的女孩，把別人家的女人看成糞土一樣。魏松會對她說：「我很愛我的妻子。」但是把自己的頭放到她的肩膀上，帶著滿頭的油哈氣，就像從前英文老師對我做的一樣嗎？

我們還沒有說到過什麼「我要逃」。

我發現自己看不清楚紙上的字，是因爲天暗下來了。弄堂裡有小孩子跑來跑去瘋的聲音，樓下廚房裡有燒飯的動靜。上海的天暗得這樣快，像一塊毯子一樣罩下來。大衣櫥上的鏡子泛著前排人家後門的燈光，別人的生活還好好地在那裡，像王家姆媽家那樣每天都有好菜，讓日子過得舒服，雖然平淡，可是安穩，但我的天就要塌下來了。我以爲自己看不起平淡的生活，可其實，我也並不一定就能得到平淡的生活。

「妳在幹什麼？」魏松回來了。他驚慌之中在門邊打開了屋頂的吊燈，那是我們家裡沒有客人就不怎麼開的大燈，房間裡面大放光明，外面的天這才一下子暗了下來。這下子，他能看清楚他的桌子被我大敞開了。明晃晃的房間裡，我家的祕密大白於天下。

「我在找還有什麼東西是我不知道的。」我心慌了一下，然後惱怒漸漸升上了心頭，心慌就沒有了。我把那些粉紅色的紙放在桌子上。

魏松動了動手指，好像要擋住什麼，他沒有說話，原來他也有驚慌的時候，他的大眼睛像麻雀那樣快和驚慌地閃了一下。

突然，我也不知道要說什麼了。我想起了沙沙。我們這戶人家是怎麼了，我心裡問。

房間裡面什麼聲音也沒有，我和魏松都站著，像開追悼會一樣。魏松一定又有幾天沒洗頭髮了，髒了的頭髮又是一縷縷地掛在臉上。我都不知道，他到底在什麼時候就變成了這樣破罐子破摔的男人了！

「妳怎麼能侵犯我的隱私。」魏松突然說出這麼語無倫次的一句。我心裡的怒火突然被他的話點燃，我突然就開始說話了。開始我說：「你倒是眞有本事，文章一篇也發表不了，小姑娘倒已經軋到一個。」這時，我看到魏松的臉突然白了，我就是要刺痛他，凡是沒有本事的男人都會找野女人去，就是因爲他沒有本事幹別的。我心裡就是這麼想。

我想到他夜夜在他的寫字桌前孵小雞，不會跟我一起說說話，他一定要開著電視機，就是想家裡有點聲音，他可以不要再說什麼；想到他在單位不開心，就回家來哭喪著臉，我跟他說話，他成心愛理不理的，讓我自己知難而退，好放他清靜；想到他在我懷孕的時候半開玩笑半當眞地說，孩子是妳要生的，妳自己帶；想到他看到我最漂亮的裙子的時候，那種麻木的樣子；其實我現在回想起來，那種樣子裡還有種厭煩。

要是開始想，就把我從前放在心裡的不痛快全都想了起來。我想到自己，從劉島以後，我其實只求安穩，把自己心裡想要什麼都關上，再也不去看它。和魏松在一起，妻子應該做的，我都做了，我心裡感到的無聊也從來不說，我想要麗麗，是以爲有個孩子，我會不再出軌。和麗麗在一起，媽媽該做的，我也都做了。我開始哭起來，可是我忍不住還要罵，那些話都不用想，就一句一句在嘴裡等好了，排著隊說出來。我聽到自己連哭帶罵的聲音，想到了生麗麗的時候，我心裡害怕，可魏松不想在旁邊陪我生，我拉住他連哭帶罵的聲音。那次也是這樣，說什麼都不用想，滿心的惡意，都像刀一樣向魏松飛過去。

我看到高莊饅頭在走廊裡走來走去，望著我們的房間。她的臉像通常那樣生氣一樣地嘟著，但我看出來了她臉上的輕鬆，她一定曉得我們平時從來不跟她囉嗦，是看不起她的意思，也看不起他們夫妻大吵大鬧的樣子，現在我們終於也像他們一樣了！

我閉上自己的嘴。我看著魏松的臉，他也在看著我，他的眼睛裡含著一層眼淚，他的臉上有種奇怪的厭惡和憐惜交織的表情。我想起來，生麗麗的時候，我逼魏松在家庭產房裡陪我生產，我拖了很長時間，陣痛是那麼長，一陣一陣的，好像沒有到頭的那一刻，我一點力氣也沒有了，只知道自己是躺在濕漉漉的床上，那是我的羊水、血和疼出來的一身又一身的急汗。可還是能夠感到魏松一隻手握著我的手，另一隻手在一頁頁地翻他手裡的那本武俠小說，好像沒有它，他馬上就會死掉一樣。可我連恨他的力氣也沒有了。我感覺自己在退化成一個動物，沒有衣褲的遮蓋，發出非人的叫喊，身體畸形，氣喘吁吁。在一陣很大很大的痛到來的時候，我大叫一聲，魏松的手想要掙脫開來，可我緊緊地抓住它。它像一條黑魚那麼滑，那麼難抓住，可我拚命也要抓緊它。我聽到魏松的聲音裡發著抖：「醫生，孩子的頭！」他叫。我聽到有人跑了進來，有人說快剪快剪，有人在我的肚子上用力推著，大聲喝著：「用力，用力！」我沒有一點力氣，我覺得我就要死了。在這一剎那，我的心倒鬆了下來，我終於可以死了，對我的折磨總算到了頭。就是在這時，我聽到了嬰兒的哭聲，像在水泥地上打碎了一只碗的聲音。那就是我的麗麗。那時候我睜開眼睛，透過沒有流光的眼淚，我看到了魏松的臉，他的臉上，就是那樣的表情，那種厭惡和憐惜的樣子。

那天我們什麼也沒有吃就睡下了。魏松睡在長沙發上。我知道要是他上我們的大床，我一定要趕他下去，但看到他自動地把他的枕頭和毛巾被搬到沙發上，我的心其實有一點失落。我想，說不定他也不想和我在一起睡呢，這樣更合他的心意。我閉上眼睛，眼皮是腫的，重重地壓在我的眼球上。我像一個丈夫不規矩的女人那樣，像悍婦一樣又哭又罵，可我和沙沙又是怎麼回事？魏松的事，是對我的報應嗎？可這是對我和英文老師的報應呢，還是我和沙沙的報應？我們的房間裡今天沒有電視機的聲音，我聽到高莊饅頭家的電視裡發出的聲音，她家的電視機也是一直要開到睡覺才會關上的。

雖然上海比不上吐魯番熱，可是也不能蓋東西。我突然感到，要是我躺著，我的睡裙遮不住大腿，我的短褲一定是露在外面了。我再也不想讓魏松看到我的短褲和大腿，於是我爬起來，找出秋天時穿的長睡褲換上。我發現魏松在沙發上動了動，在注意我的動靜，可我一點也不想說什麼。

等我再醒來，已經是半夜，月光照亮了大半個屋子，在地板上印著窗戶大大的黑影子，還有魏松在陽臺裡晾著忘了收的汗衫，它跟著南風在搖晃著。

我餓極了。

我起床來，在櫃子裡找到方便麵，拿到底樓的公共廚房裡。我找到一只小鍋，是麗麗小時候的牛奶鍋，她小時候是專門給她一個人用的，怕大人身上帶的病菌傳染給她。我只用她的小鍋煮開水，等於給它消毒。在麗麗的東西上，我總是按照在護理課上學到的防感染的程序做。

我站在自家的煤氣灶前，等著把水燒開。突然我想到，魏松會不會眞地想離開我們？這時，我才發現自己原來一點也不了解自己的男人，我不知道這時候他會怎麼做，我說了那麼多，可他只是那樣望著我，什麼也沒有說。像媽媽說的一樣，他的條件比我好，他的女朋友比我出挑。他一直想出國，可能他們還能一起到國外去。

我見到他的時候，他是皇帝兒女，我是殘花敗柳，爲什麼他看上我，來追我，和我結婚，我其實一點也不曉得。

深夜的弄堂裡安靜極了，野貓在月光下悄悄地走著，空氣像坎兒井的樹林裡一樣森涼，沙沙要是知道我現在的情況，會說什麼？

「妳做啥？」魏松突然出現在廚房裡，他緊張地走過來，看我到底在幹什麼。

「你放心好了，我不會自殺的，我沒有那麼浪漫。」我說。

魏松瞪了我一眼，轉身上樓去了。

等我在廚房的煤氣灶前吃完方便麵，回到房間裡，魏松正坐在沙發上等我。我發現我也不想讓魏松看到我吃麵的樣子，不想讓他聽到吃麵不得不發出來的響聲。甚至我用冷水洗了臉，洗掉方便麵的熱湯熏在臉上的胡椒氣味。

在燈下，魏松的臉和麗麗的臉像極了，他們都有明亮的大眼睛。

魏松認眞地說：「我可以說點什麼嗎？」

我說：「你應該說點什麼。」我的心裡鬆了口氣，這說明他還在乎，要跟我說點什麼。

他說：「妳剛剛說得不錯，妳原來是一個浪漫的人，或者我以爲妳是一個浪漫的人，可妳越來越不是那樣的人了。」

我以爲他要狡辯，他說的卻是這個。我檢查似地望著他，他也直直地望著我，他的眼睛無論如何，還是不能與狡辯和欺騙放在一起說。「妳以前不是這樣的。」他強調說。

「從前是什麼時候？」我問。

「我剛見到妳的時候。妳下了班不回家，在幼兒園的教室裡彈琴。彈《外婆的澎湖灣》。開始我以爲是哪個老師把自己家的小孩帶到幼兒園裡來練琴，後來才知道是妳。那時候，我覺得妳是心裡像野小孩一樣有夢想的人，不肯向庸俗的生活低頭。所以也被生活弄得很可憐。妳是那樣的人。」魏松說。

「原來你是同情我。」我說，「你要來英雄救美啊。可惜我不是美女，你瞎了眼睛。」

魏松看著我，不說話了。

我低下頭，心裡想，我以後不要再這樣說話了，這樣沒有辦法把話說下去。

魏松其實說的不錯，那時候我在醫學院幼兒園裡切肉洗菜，是很慘。幼兒園裡唯一有一個好心的老教師對我說，一段時間以後，要是我能夾著尾巴做人，領導也許會讓我去帶小班，因爲她要退休了，而且食堂裡也不需要我，只是爲了懲罰我而已。她勸我自己抓緊時間學學琴，給自己打點基礎。那時候起，我就開始學琴。但是我一點也不喜歡那個人人都看不起我的幼兒園，不喜歡看到醫學院裡所有的人，每天上班都是痛苦的，這不是很可憐的人麼。下了班，我在幼兒園裡學琴，一是因爲我家沒有鋼琴，只能留在幼兒園的教室裡。二是因爲我不想回家，不想經過熱火朝天燒晚飯的後門廚房間，回到家裡，別人做什麼，我也做什麼，就像木偶一樣。

我想起來，魏松從前在我們談戀愛的時候，就告訴過我，他爲什麼愛上我這樣的人。那天傍晚，我在幼兒園的臺階上第一次遇到他，我磨蹭著不想回家，他問我有什麼要幫忙的，我說謊，說我忘了帶鑰匙，不能進幼兒園的門。他眞地相信我，幫我爬窗進去開門。我們這才開始談話。當他把那個被懲罰的實習護士和像小孩一樣寂寞地彈著琴的幼兒園幫工聯繫在一起以後，他就愛上了我。他要讓我可以接著當那樣的人，而且幸福。

當時我就說，原來是同情啊。魏松說，是因爲他一直喜歡我這樣不顧一切的人。

我說：「我想起來了，你很早就告訴過我了。」

魏松接著說：「妳一直問我爲什麼愛上妳，要和妳結婚，我一直告訴妳我就是喜歡自己心裡有對生活的想法，而且不顧一切的人。我要是喜歡循規蹈矩、前途遠大、在社會上如魚得水的人，我那時候的女朋友就是現成的。可是妳從來沒有相信過我。後來我眞地懷疑，是我搞錯了，妳本來就不是那種人，妳像平常的女人一樣，要孩子，怨恨婆婆，不停地買衣服，沒什麼追求。」

他曉得沙沙的事情嗎？他曉得我從前在電視機的藍光裡被窒息的痛苦嗎？他眞地想幫我從不想過平凡日子帶來的可怕後果裡掙脫出來嗎？他不曉得我努力想要像別人一樣過平靜的生活，也是可怕的後果裡的一種嗎？還是因爲愛他，想要爲他保護一個平靜的家。魏松從來沒有眞正在意過我的心裡在想什麼，他在意的是他自己的感情。但是，我也沒有眞正在意過他在想什麼，我也是只在意自己。

「那她是嗎？」我問。

「她是的。」魏松說。

「她是誰？」我問。

魏松緊張起來：「妳要幹什麼？」

「你以爲我要找她去吵鬧嗎？我沒有這麼賤。」我生氣地說，「我敢說這個人沒有超過二十五歲，覺得自己的日子過得太無聊。」

魏松看著我，說：「是。」

我冷笑一聲，說：「她以爲這種事情能做得通！眞是笑話。我十七歲的時候就知道行不通了。」

魏松趕快聲明說：「我們是柏拉圖式的關係。」

我接著冷笑：「你以爲她會跟你上床？你也把自己想得太高級了。」我望著魏松從頭上耷拉下來的長髮，望著他踩在地上的光腳，他的腳上長著男人粗大的黑色汗毛，因爲整個夏天都光腳穿涼鞋的關係，他的腳很粗糙，我想起了英文老師黑拖鞋上的白色肥皂沫的痕跡，心裡湧出來一股厭惡，就像從前對英文老師的那樣。我心裡想，那個小姑娘遲早也會像我一樣，給魏松一記痛擊。那時候英文老師的妻子會原諒英文老師嗎？她會在心裡像我現在一樣厭惡自己的丈夫嗎？但是他們是不會分手的，我們大概也不會吧。

「那妳也從來沒有告訴過我，妳十七歲的時候發生了什麼事。」魏松以爲自己抓到了把柄。

我眞地沒有告訴過魏松英文老師的事情嗎？我從來沒覺得這件事對我和魏松來說有什麼重要。連我的父母也不曉得，連什麼事情也瞞不過的芬也不曉得，連我自己都不願意多想，那是我人生中的第一次失敗。

「這也是我的隱私。」我說，「你也不能侵犯。」

魏松被我頂得說不出話來。

「你打算怎麼辦？」我問魏松。

「我不知道。」魏松說，「我並沒有想要破壞家庭。」

「那麼你很想腳踏兩條船囉？」我馬上說。

魏松終於被我逼急了，他瞪大雙眼，伸手點著我的臉，說：「妳自己看看自己，我說妳變了，一點也沒有說錯。妳現在這種不肯好好說話的刻薄樣子，跟高莊饅頭有什麼區別。妳怎麼是這樣的！」

我氣得倒頭就睡下。剛一躺下，眼淚就湧出來了。可我不想讓魏松知道我哭了，他大概會以爲我這又是悍婦的那一套制服男人的手段，一哭二鬧三上吊。我張開嘴呼吸，這樣就沒有聲音，讓眼淚自己流到枕頭上。眼淚滴到枕頭席上，答答地響，於是我把臉仰起來，讓眼淚經過太陽穴，流到頭髮裡去，這樣就一點聲音也沒有了。我怎麼會這樣的！魏松的話留在我的心裡。

等到第二天魏松上班走了，我才睜開眼睛。走到壁櫃的鏡子前面，在麗麗小手的污漬上面，我看到我自己，眞地像高莊饅頭一樣的蒼白、浮腫，鼻子兩邊的顴骨上，有懷孕留下來的蝴蝶斑，因爲被吐魯番高紫外線的太陽曬過，更加深了。我的臉上也有好像隨時打算發作那樣的忿然，我就是這樣變成了像高莊饅頭一樣的悍婦。我想起來，在我們平時對高莊饅頭愛理不理的時候，她握著打濕或者洗乾淨的拖把衝出衝進，臉上的樣子，就是在說，神氣什麼，妳也會像我一樣的。

我從來沒想到過，魏松愛上我，是因爲我有一顆不甘心平淡的心。他愛上的，是我自己又愛又怕的自己。而我愛上他，卻是爲了要過和別的女人一樣平靜的生活，不要再理會自己那顆不甘心平淡的心。原來，它是我生活中的定時炸彈，要把我的生活弄到不能收場。可現在，它成了抓住魏松，保護我生活的法寶。我愛上的，是幫我在平淡的生活中安頓下來的魏松，是他根本不承認的按部就班，步步順利的他自己。

原來，生活是這麼難的事。

我和魏松之間的冷戰開始了。開始的幾天，我們分開吃飯，分開睡覺，誰也不說話，我們家那間屋子裡，裝滿了沉默和冷淡，這種氣氛讓我坐立不安。我也想到過住回娘家去，但是我對自己的父母說不出口我家發生的事情。我又想起來，劉島的事情出來以後，我媽媽爸爸臉上的害怕和擔心，還有怕丟面子的那種躲閃。我也想起來後來他們對魏松和我的愛情的懷疑，他們心裡覺得我是跌一跤，倒拾到一只皮夾子。可是他們認爲，拾到的皮夾子到底不是自己的東西。他們常為了我巴結魏松。現在我怎麼對他們說。

我什麼都不想說，不想見任何人，好在我們幼兒園在放暑假，不用去上班。其實楚園長也是善於察言觀色的人。從吐魯番買來給我媽媽的馬奶子葡萄早已經放爛了，我帶回家的行李能不拆的，就連行李袋一起塞進壁櫥裡。我帶回來的地毯就是這樣塞在裡面，開門進去拿東西時，整個壁櫥裡都是吐魯番的羊膻氣，衝得我馬上又把門關上了。

我天天睡，白天把門窗統統關上，拉上窗帘，開電風扇。房間裡很陰暗，外面的陽光和熱氣都進不來。我是那麼累，只要躺著，都能睡著。有時醒來，我想到魏松沉著的臉，因為拉長了臉，而顯得很長的鼻子，他的眼睛到鼻子的部分那麼長，像馬鮫魚的臉一樣。我不曉得我要做什麼，我能做什麼。這個問題是那麼複雜，我還沒有想出頭緒，就又睡著了。如果我醒來，就到樓下廚房，用麗麗的牛奶鍋燒方便麵吃。方便麵裡的湯料包裡不曉得放了什麼東西，吃了以後，不停地想喝水。

晚上魏松回家來，把門窗再統統打開。他倒是不在晚上出門，像從前一樣，吃完飯就縮到他的桌子前面。路過電視機時，他隨手打開它。因為麗麗不在，他就把音量調到如果我們再講話會感到吃力的程度。這時候，我們的家雖然還是冷淡，可是不再沉默，聽上去和別人家的晚上一樣。我如果不上床，也沒有什麼地方可去，沙發現在是魏松的地盤，我不想坐，桌子也被魏松占了，所以我總是草草洗乾淨自己，就上了床。電視機還是藍光閃閃的，照亮著那張像馬鮫魚的臉一樣的側面。我有時看電視，有時看他，他像平時一樣，這意味著他不再和「小姑娘」來往了呢，所謂「我沒有想過要破壞家庭」的意思，還是他們從來就不在晚上見面，所謂「我不知道」的意思呢？

我們誰也不提麗麗，好像她從來就是住在奶奶家一樣。我和麗麗從來沒有分開這麼長時間，可是心裡還是不怎麼想，有時候看到她的玩具和小衣服，我的手想要摸到她軟軟的小身體，想要抱抱她。但我的心顧不得去想念她。我每天需要這麼多時間睡覺，我沒有力氣照顧她，也不能對她笑。

到了實在拖不過去的時候，魏松才讓他媽媽把麗麗送回來。他媽媽還以爲我們小夫妻美美地過了幾天安靜日子呢。魏松早上臨上班時，臉衝著門，把他媽媽送麗麗回來的事告訴我。

到了下午，我開始緊張起來，我不曉得怎麼招呼我的婆婆，怎麼對我的孩子笑，在他們面前，我怎麼和魏松相處。於是我決定離開家。

下午，街上雖然有梧桐樹的樹蔭，可還是很熱。我走了幾條街，就熱得有點頭昏。我看到一家咖啡館，想要走進去，除了在吐魯番我去過我們賓館的咖啡館，我還從來沒有一個人到過這種地方。從玻璃窗外面看上去，裡面的人都是成雙捉對的，我一個人一定很奇怪，像那種不正經的女人。我在咖啡館朝街的彈簧門前猶豫了一下，可彈簧門突然從裡面開了，裡面應門的小姐大聲對我說：「小姐請進。」她的聲音嚇了我一跳。我只好走進去。「小姐幾位？」那個女人帶著我往裡面走，一邊問。

我聽見自己說：「我找人，我約了人在門口等，可是時間都過了，她還沒有來。」我四下裡看了看，然後說，「她也不在裡面。」

「妳可以坐下來等的。」領位的小姐對我說。

我向後退著，一邊說：「不要了，我還是到我們約定的地方去等。」

我慌張地從咖啡館裡退出來。街上還是那麼悶熱，陽光像蒙上了一層霧，白潦潦的，馬路中間的柏油都軟塌塌的了。從涼爽的、噴香的咖啡館店堂裡退出來，一下子連氣都喘不上來。我怕咖啡館裡的人從玻璃窗裡面看我是不是說謊，只好裝模作樣地在彈簧門那裡站下。我看到26路公共汽車在街對面的車站停了下來，那是開往外灘方向的26路，車上的錄音響亮地報著站名，下一站就是我媽媽家的那條街了。我看著那輛車「嘩嗒」一聲關了門，然後它慢慢地離開站，向我媽媽家的方向開去。

我過了馬路，站到車站的樹蔭下面，別人這樣就看不見我站在這麼熱的街上發呆了，我像所有等車的人一樣。我看到一個女人背著包，手裡提著花花綠綠的馬甲袋，腳邊上還躺著一只黃色的哈密瓜，她是那種早下班的主婦。魏松單位下班也很早，我想他應該到家了，應該發現我不在家，應該明白我是避出去了。他會著急嗎？我們還有夫妻的情分嗎？

26路車又來了，我和那個大包小包的女人一起上了車，看她平靜地買了票，然後就在車門邊上站著，用一雙腳管著那只想要滾來滾去的哈密瓜，手裡的東西也不肯放下來。她急著回家做晚飯吧。然後我想起了王家姆媽煤氣上的雞湯，從後門聽到的斷斷續續的立體聲音樂《燈光燦爛的小鎮》，要是夏天買來的西瓜皮厚，王家姆媽就把西瓜皮去了外面的綠皮，再去掉裡面的紅瓤，切細了，先用麻油拌一拌，再放鹽和味精。後門的廚房裡太熱了，王家姆媽一早就把她家的改良漆小桌放到後門外面的大樹下，拌西瓜皮，擇菜，都是在外面。要是回家，一進弄堂，再一拐彎，就看見了。這是第一次，我想起我家來，心裡有了留戀和安穩。

我家的那一站到了，電車的鬧尖叫著，停在站臺上面。那個女人提了東西下了車。但是我還是不行。要是我回家，媽媽一定會和我打了招呼以後，向我身後看，要是魏松沒跟著一起來，她就看我一眼，再看我爸爸一眼。我眞地不能回去。車門就在我面前關上，開出車站。車子就這樣開過我家附近，要是再走進去，就可以看到我家的小街道了，就可以看到我小時候買零食吃的小菸紙店了，那家店總是在錄音機裡放鄧麗君的歌，那支歌叫《甜蜜蜜》。26路離我家越來越遠了，我這才第一次知道，把東西埋在心裡不說，是什麼樣的滋味。

我在淮海路最熱鬧的地方下了車。我到婦女用品商店裡去試了試衣服，那裡的衣服看上去那麼媽媽腔，那麼難看，一點魅力也沒有，卻很像棄婦。

我又到哈爾濱食品廠去看了看他們的椰絲球和小蝴蝶酥，可是我沒有買。下午的時候買東西的人還是不少，我擠在那裡什麼也不買，讓別的女人心懷不滿，我從她們用力擠我的動作裡察覺出來了，我也用力擠她們。

然後我去第二食品店看了看麗麗從前的奶粉，又漲過價了。在櫃檯前買東西的，大多是穿得隨便的婦女，好幾個人的裙子都是沒什麼式樣，但是穿在身上舒服方便。我猜想她們都是有吃奶孩子的人，就像我去年也總是到這個櫃檯來買奶粉一樣。雖然，看上去她們都不老，可是就是不像女人。她們的身體看上去總是有點鬆鬆垮垮，那就是經過了懷孕和生產，把肌肉、皮膚、韌帶都撐大、拉鬆、綳壞的身體；是爲了自己的孩子能夠吃到帶天然免疫營養的初乳、拚命喝鯽魚湯發奶，就是被自己的孩子嘬爛了乳頭、也不肯不給孩子初乳的鬆軟的乳房。我一看她們就能夠認出來。她們是我的同志。這個櫃檯並不像哈爾濱的那麼擠，大家雖然也人貼人地站著，可是沒有窮兇極惡的心情。她們的臉上很少能見到書裡形容的母親的驕傲和滿足，卻能看到許多忍耐和哀傷。

「眞正痛苦的日子還在後面呢。」我心裡對她們說。

經過我買裙子的那家專賣店，我遠遠地看到櫥窗裡的裙子還擺成一條蛇的樣子。我走過去，經過店堂的時候，看到原來穿我裙子的衣架上，現在穿著別的裙子，裙子的下襬有一圈荷葉邊圍著。原來那條裙子，現在在我的行李包裡團著呢，我還沒有心情把它洗乾淨。要是我沒有這條裙子，大概也不會想到要去吐魯番吧，要是不去吐魯番，大概魏松也沒有機會軋「小姑娘」吧。可要是我沒有去吐魯番，大概永遠沒有機會過一個有沙沙的夏天吧。再次想到沙沙，看到那條白底紅細條的無袖連衣裙，好像是很遙遠的事情了，比英文老師還要遙遠的事。

魏松認爲我現在根本就不是一個對生活有夢想的人，他是眞瞎了眼睛。不過，我也瞎了眼睛，我從來沒有想到過魏松愛的是那樣一個我，他在我的眼皮底下爲沒有找到有意義的生活，變成一頭髒頭髮的男人，我卻一點也沒感覺。我想我的氣憤裡，還有對魏松的內疚。我沒有再進那家專賣店。

好在淮海路有許多可以看的商店，還有一條擠滿了小攤頭、賣時髦衣服的華亭路，我可以捱到天黑。我算了算，魏松他們應該已經吃完晚飯，我婆婆差不多也該回家去了。我在淮海路上吃了一客三鮮豆皮和一碗小餛飩。那天飲食店裡的客人多，一客三鮮豆皮很快來了，可是小餛飩等了半天。我總算很有理由地一個人坐在店堂裡等，裝出不耐煩的樣子。我看到淮海路上的燈越來越明亮，是因爲天越來越黑了。麗麗一定會問，媽媽到哪裡去了，婆婆一定會不高興，因爲我帶回來的吐魯番葡萄早爛了，扔掉了，帶回來的新疆小花帽還在行李裡面沒有打開。看魏松怎麼對付她們吧。高莊饅頭一定又在堆滿了舊東西的走廊裡衝出衝進，像母老虎那樣守衛她的家，對她家的人怒吼。魏松一定拉長著他的臉，讓麗麗和他媽媽都不敢多問什麼，他最拿手的，就是對人愛理不理，讓你自己討個沒趣，離他遠一點。我很希望那碗小餛飩被忘記了，可是，它還是被送來了。清湯上漂著黃色的蛋絲，綠色的蔥末，還有透明的、一滴滴的油花，就是我一直吃慣的那種柔軟的小餛飩。肚子裡熱呼呼的，我想我還是應該回自己的家去。

終於，我回到了自己的家。

麗麗衝過來抱住我的腿，她比我記憶裡的小孩，還要小得多了。我抱起她來，她眞地很軟、很香，我突然爲了能抱住麗麗而高興起來。

「麗麗！」我親了麗麗一下。麗麗晚上一定吃了帶魚，她的臉都是腥氣的。

「媽媽！」麗麗轉過頭來親我，她那麼高興見到我，我從來沒有想到。

「來抱一個緊的。」我對麗麗說，這是我和她的遊戲，麗麗伸出手緊緊箍住我的脖子，我緊緊抱著她的後背，我想起這時候常說的話來，「我要把妳放回到我肚子裡去。」我和麗麗親來親去，弄得臉上都是麗麗的口水。

我發現自己臉上有許多笑容。這時，我看到自己離開家時，換下來搭在床尾的睡褲，穿了好幾天的睡褲上，留著好多縐褶，是我的膝蓋拱出來的。望著那條睡褲，我能感到穿在睡褲裡的那麼多悲傷。我再也不想穿那樣的睡褲了。

然後我看到飯桌上留著菜、湯鍋和飯。盛菜的藍邊碗口，有鍋鏟留下來的油醬漬，我猜想晚飯是魏松做的，總是把碗口弄得涕涕埸埸，是魏松的風格。那些飯菜用紗罩罩著，而沒有放進冰箱，我明白是爲我留的。

「我跟我媽說，妳今天去幼兒園值班了。」魏松對我說。

魏松大概眞沒有離開家的念頭，他和英文老師一樣，既笨又聰明。明白了這一點，我心裡很可恥地暗暗鬆了口氣。我把魏松留給我的晚飯都吃光了。

第二天，魏松上班去了，我抱著麗麗回我媽媽家，對我媽媽說，我剛從新疆回來，家裡被魏松弄得太髒了，要大掃除，讓我媽媽管一管麗麗。我媽媽最願意看到我盡婦道，一口答應。可麗麗不願意我把她一個人放在外婆家，抱著我的腿哭，我剛開口哄她，突然自己也哭出了聲，倒把麗麗嚇得停住了，瞪著和魏松一模一樣的大眼睛看我，拿出去托兒所的勇氣，讓步說：「那妳一弄好就來接我。」我答應她，把家裡一弄好，連澡都不洗，就來接她，讓她陪我洗澡。我媽只以爲我哭，是不耐煩麗麗，所以搶著把麗麗抱了過去。

我回到家裡，將頭髮紮起來，把壁櫥門打開，將我從新疆帶回來的髒衣服統統拿出來，放到洗衣機裡，用肥皀粉泡起來。把那塊地毯抖開來，它是用生羊毛繩織的。鮮豔的紅色，藍色和綠色讓我們的房間一下子變得那麼舊，那麼潦倒。我在買的時候沒有想到我的家這麼小，只有桌子前到門口那麼一小塊空地，連半張地毯都放不下。我和沙沙在巴扎上買的時候，也沒聞到它有這麼重的羊膻氣。那時，我對沙沙說，我要一塊最搶眼的地毯，走在上面，都不知道自己是在哪裡。我還記得沙沙聽了笑，他說：「在鴉片地裡走，就是這樣。」我把張開的地毯拖到陽臺上曬。它太大，它有味道，可無論如何，我也要用上這塊地毯。所以，我決定要把整個房間搬一下，空出地方來。

我把我們的大床翻了起來，大床下面，有麗麗玩過的髒皮球，有魏松忘了搽油，然後放進鞋盒子裡過夏天的鄧祿普牌的棕色懶漢鞋，還有我不知不覺掉下床的綠色避孕藥紙型片。剛結婚時，我吃這種紙型片避孕。魏松上學時的課本和筆記也打成包，放在床底下。上護士學校時的書和筆記也打成一小包，塞在那裡。現在它們上面，落了像棉絮一樣一團團的灰塵，我用自己的肩膀和頭頂起床板的時候，它們飄飄搖搖地粘了我一身。

我搬動了大床的位置，又搬動了沙發的位置。家具太重，我根本推不動，於是，我找了一塊家裡的厚塑料布，把它在地板上鋪平，一頭塞到家具腳下，然後慢慢把家具推到塑料布上，在塑料布上推，藉著它的滑，就很快推動了沙發，後來，又推動了大櫥。因爲到底受力不平均，大櫥發出吱吱呀呀的聲音，好像裡面有什麼東西要斷一樣。可最後，我還是安全地把它推到了更節約地方的牆角裡。甚至我還用這個辦法搬了魏松的鋼琴，當時我們結婚時，魏松請了兩個搬運工人才搬動鋼琴的。它被兩個搬運工人唱著號子抬進屋的時候，魏松用手把我擋在他的身後，怕鋼琴撞到我。現在，我竟然可以一個人，靠一張厚塑料布，給鋼琴換一個地方。我的腿因爲用力太猛了，一陣陣地發抖。可我並沒覺得累。

鋼琴背面的牆上，也粘著一縷縷的灰。我把牆都掃了一遍。因爲不耐煩紮一隻長柄的掃把，我從床上跳到桌子上，再跳到鋼琴蓋子上，這樣，像猴子一樣。

然後，我擦了窗，換掉了原來的竹簾。

又擦了地板。

連魏松的桌子也被我仔細地擦乾淨了，這是最讓我心驚肉跳的地方。我想不光是因爲我從來沒爲魏松擦過桌子，還有一個原因，是怕再看到一張新的粉紅色的薄紙，上面寫滿了我沒見過的話。從我的心裡，我不想碰這個倒楣的地方，可我就是要整理魏松的桌子，我要讓他知道，這張桌子是我們家的桌子，它得和我們家一樣乾淨。我給魏松買了一把新疆小刀當禮物，是和沙沙用一樣的，刀把上嵌著五彩石頭，石頭四周圍著銀絲。我在魏松桌子前面的空牆上釘了一個鐵釘，把它掛在上面，吐魯番人在家裡也是這麼做的。我用清水一遍遍地擦魏松的桌子，他用這桌子，還像學生用課桌那樣，有事沒事，就往桌面上寫字，畫小人。魏松總是在桌子上抄他寫英文文章時用的英文詞。那時候我說他破壞公物，他說等他以後發跡了，這張桌子可以放到博物館裡去。我想要把桌子擦洗乾淨。桌子上散發著森涼的水氣。如果不是這水氣裡有那麼重的消毒藥水味道，它就像那晚上坎兒井裡散發的水氣了。坎兒井原來不是一口井，而是井和一條細長的水道，那裡圍著好多鑽天楊，仔細聽，也能聽到流水的聲音。

凡是用不著的東西，都被我扔掉了。我還從來沒這麼放手扔過東西，麗麗的髒皮球、我的舊睡褲、我家的電視機包裝盒、掉了搪瓷的臉盆、魏松的舊鞋子，統統扔掉。連原來實在氣不過高莊饅頭寸土必爭、放在門口擋住高莊饅頭蠶食的幾個舊紙箱，放我們暫時用不到的鞋子和雜物，也被我統統扔掉了。扔東西眞是件上癮的事，越扔越想扔，恨不得把高莊饅頭的髒自行車一起扔掉拉倒。

然後，我把地毯拖進屋，鋪在好不容易留出來的空地上，因爲它眞地太大，所以有一小半不得不伸到了大床底下。

我匆匆出去，到車站邊上的花店去買花。因爲天熱，鮮花放到下午就全都開了，花店老闆不敢留過夜，我用很便宜的價錢買到了一大把白玫瑰和滿天星。

我把它們好好地養在大玻璃花瓶裡，把花瓶放在桌子當中。那還是我們結婚時，魏松同學送的禮物。他們都知道我就是那個瘋狂過的小護士。當時我還以爲魏松告訴他們我的過去，是口無遮攔，我還不曉得他因爲這樣的故事，而覺得自己很了不起。這個車料大花瓶，除了我們結婚的時候，就一直沒有用過。現在，總算又用上了。

等我把麗麗接回家的時候，魏松已經先回來了。他光腳站在地毯上，不知所措地望著他的家，還有他家的鮮花。我和沙沙去買巴扎地毯時，是一個黃昏，吐魯番明亮的黃昏，是巴扎熱鬧的時候，到處飄著烤羊肉的香氣。這張波斯地毯搭在一道刷了白漆的土牆上，白牆裡面是清眞寺好看的圓頂。在我買下這條地毯時，沙沙一直摟著我，我摟著地毯，我心裡所有的空洞，那時都是滿滿的。我這時發現，原來他的背有點駝了。要是我騎著白馬經過他家的門前，他會和我生十個孩子嗎？他會和我在夏天通宵跳舞，在地毯上吃葡萄嗎？他轉過頭來吃驚地看著我。現在他應該曉得了，我有多大的力氣，多大的決心吧。

麗麗從我的手裡掙脫出來，撲到地毯上。然後她又跑回來抱我的腿，她抬起頭來說：

「媽媽，它是臭臭。」

麗麗回來以後，我們家的氣氛不這麼悶了。麗麗這次可以跟我睡大床，自然是高興得要命，天天都早早就上床，要和我拉著手睡覺。有時半夜醒來，也要湊過來，把她的手塞到我的手裡，才接著睡。麗麗從小就自己睡小床，是因爲日本的育兒書上說，孩子跟母親睡，人格發展不那麼健全。魏松看了那本育兒書，就嚴格規定不讓麗麗睡在我們床上，生病的時候也不行。

麗麗還是太小了，來不及發現家裡有什麼變化。她只是一直說房間裡有臭臭，我想那是地毯的羊膻氣，我以爲放一段時間就會好的，像新漆了桌子，也會一段時間老有油漆味道那樣。

因爲麗麗回來了，我和魏松也開始說話。可只是說必須要說的話，絕不多說一句。我們好像彼此都小心了，沒有逼到眼前的事情，就最好什麼也不說。可是，那「小姑娘」的事情橫在我們中間不說，就沒什麼眞正値得說的了。他也不提我又動了他桌子，還在他牆上掛禮物的事，他什麼都裝做不知道。照樣天天晚上按時回家，在桌子旁邊看書，查詞典，或者發呆，像一只熱水瓶，或者一只冰箱，我曉得裡面有東西，可在外面一點也看不出裡面藏著什麼東西。但我一定要知道。我和魏松之間的關係也是用這種奇怪的、熱水瓶或者冰箱的樣子保持著，不想打碎它的話，我就不曉得怎樣才能改變它。有時候，在晚上，我在床上玩著麗麗睡著時候又滑又軟的手，看著魏松的背影，我發現自己眞地一點也不曉得應該怎麼做，才能搶回他的心，因爲我不再是不平凡的人，他就要找別人。

我學著王家姆媽的樣子，到小菜場的鄉下人那裡去買了活殺的新母雞，等鄉下人殺雞，燙毛，開膛，把雞肫肝裡的黃皮剝下來，洗乾淨放在雞肚子裡。旁邊的魚攤頭，一條大花鰱魚正在賣魚人的手裡死命扭著身體，牠拚命掙扎，不知道是因爲想要回到水裡，還是想要逃脫被賣的命運。牠好不容易跳出來了，卻一頭摔在濕漉漉的水泥地上，牠摔悶了，躺在水泥地上不動。賣魚人乘機抓起牠來，高舉過頭，狠狠朝水泥地上再摔下去。花鏈魚被摔昏過去了，賣魚人很順利地將牠放在濕漉漉的秤盤裡過了秤，然後用一把大剪刀，破開了牠的肚子。這時牠痛醒過來，翻身跳起來，在地上一下接一下撞著自己的腦袋和尾巴，在水泥地上發出沉悶的聲音，將自己的血和魚攤頭地上的污水混在一起。牠在污濁的血水裡撲打著，把血點子濺到我涼鞋上。

我將自己買好的新母雞拿回家，把剛剛被殺的母雞從藍色的塑料袋裡拿出來，牠還有點體溫留在身上，很像剛剛死去，正在做屍體護理的人。我忍著自己的怕，沒有把牠扔下去。剛剛結婚，自己做飯的時候，我就把牠扔在水斗裡。

像王家姆媽那樣，我也在雞湯裡放一大塊生薑，一勺加飯酒，等鍋開了以後，在滾湯上一片片撇掉湯沫子和浮油，剛被滾湯燙得縮小的雞塊裡散發出畜生肉的腥氣，再新鮮，也有點臭。從前，在手術間實習的同學就說過，開闌尾炎的人，肚子被切開的時候，也有一股臭味道。但是用文火慢慢地燉著，裡面再放些火腿絲，放幾粒紅棗。在鍋蓋上支根牙籤，讓熱氣不要撲打鍋蓋，廚房裡漸漸可以聞到火腿的鮮和紅棗的甜夾在雞湯的味道裡，那就是王家姆媽雞湯的味道。我聞著那香味，那香味眞地讓人的心安定了一點，我站在煤氣灶邊上，不願意離開它。後門廚房的窗外有人經過，都往我們這邊看，都是被香味吸引過來的。

「香哦，媽媽，」麗麗說，「我們吃吧。」

麗麗總是以爲媽做什麼事情，都是爲了她一個人。

魏松晚上回來，喝了不少湯，他忍不住。但是，等我們吃完飯，我給麗麗洗好澡，進屋來，他還是和從前一樣，已經把電視開好了，自己也端端正正地在桌子前面坐好了，還是沒有想要和我說些什麼的意思。

有一天深夜，我醒過來，發現房間裡亮著燈，魏松蹲在我們的大床前，我嚇了一跳，他要幹什麼？想要做愛嗎？我的心乒乓地猛跳，他終於忍不住了！可是，他在麗麗那一邊幹什麼，上床得從麗麗身上爬過來。我以爲自己在做夢，於是我探起頭來試試，我可以控制自己抬起頭來，說明不是在夢裡。我抬起身來，才看到魏松手裡正拿著什麼東西往麗麗身上搽。然後，我聞到風油精的味道，意識到魏松在幫麗麗搽風油精。

麗麗閉著眼睛在哭。

「怎麼了，麗麗？」我這才完全醒來，一下子爬起來，我伸手去摸麗麗的額頭，可探不出有什麼熱度。

「癢。」麗麗含含糊糊地說。

我看到麗麗身上有些紅疱，像是蚊子咬的那樣。魏松也正在找麗麗身上的紅疱，往上面塗風油精。

「怎麼了？」從魏松手裡接過風油精的瓶子來，麗麗身上有好幾塊，看上去比蚊子厲害。我也是招蚊子的人，可我和麗麗睡在一起，把她咬得這麼厲害，我身上一點也沒有，這很奇怪。

魏松看著我，我的心再一次爆跳起來。我突然想到自己正盤腿坐在床上，樣子一定很不好看，於是換了姿勢，伏在床上的時候，睡裙的背帶有一個從肩膀上滑到了胳膊上，就像那些外國電影裡的女人一樣。我裝成仍舊專心在麗麗身上找紅疱的樣子，把原來已經搽過的地方，又再搽一次。要是他來我床上，說明我要贏了。

魏松撐著床沿站了起來，但他並沒有往我這邊來，而是向後退去，把本來放在大床和沙發中間的蚊香盤子往我們這邊移了移，說：「明天妳到藥房裡去看看，聽說新出來的雷達蚊香，是沒有煙的。妳買那種蚊香來，這種除蟲菊的煙對小孩子不好。」

我說：「噢。」

我還是不想放棄這個機會。

於是我抬著頭看他說：「我會在地毯下面，床下面放一點樟腦丸，聽說樟腦丸殺蟲很好的。」

魏松並不看我，他回到他的沙發上，躺下：「好的。」

然後，他就閉上眼睛不說話了。

我也只好關上燈，躺下。麗麗躺在我身邊，像一罐開了蓋的風油精一樣，直辣人的眼睛。

禮拜天的上午，麗麗想要看動感電影，她說高莊饅頭的小孩告訴她的，可以看到天上的星星，還可以飛到離星星很近的地方，連電影院裡的椅子都是會動的。我家麗麗眞地長大了，這是她第一次向我們提出來比講個故事更高的要求。魏松先答應了麗麗，麗麗高興得在房間裡瘋跑，然後倒在地毯上打滾，衝我們大聲喊：「爸爸媽媽快換漂亮衣服呀！」

麗麗想要我們三個人一起去。我穿什麼，穿白地紅條子的連衣裙嗎？那件我最喜歡的衣服，就是魏松視而不見的。魏松穿什麼，還穿大汗衫，吊著長頭髮嗎？像十六鋪賣魚的販子。我的頭髮也不好，根本沒有什麼髮式可言。也許我該把它們盤起來，但這樣顯老，也許還是應該披著，但是沒有吹過風，頭髮一定是不服貼的，像蓬頭癡子。一家人這樣走出去，也太不體面了。

魏松慢騰騰地對麗麗說：「爲什麼要換漂亮衣服，我們都是老頭子老太婆了。」

我也會裝沒聽見的。

麗麗先叫起來：「不好！就不是老頭子老太婆。」

我對麗麗說：「中午場還早呢，爸爸帶妳先去，媽媽去剪一個漂亮頭髮。」在說的時候，我還是賭氣，不想跟魏松一起出門。可一說完，我眞地想去剪頭髮，剪一個完全不同的髮式。

我換了衣服，和魏松說好在南京西路放動感電影的電影院門口見面，他在家先給麗麗吃點東西，魏松答應著，垂著眼睛不看我。我想，他一定是怕我看到他眼睛裡的不以爲然。我聽到自己的血在血管裡嘩嘩地噴湧著，那是不甘心吧。不甘心自己就被推到了這樣的懸崖邊。我得做些什麼。我拿了自己的錢包，就走了。錢包還是在吐魯番買的，上面繡著鮮豔的十字花。我的手緊緊地捏著它，能感到裡面裝著的紙幣被捏得發出響聲。

我特地挑了家高級的美髮廳，櫥窗裡面掛著不少外國美人照片，門口賣洗頭和剪髮籌子的小姐穿了白制服，把自己的頭髮吹成一個爆炸式，頭和肩膀差不多寬，像大頭娃娃一樣。她開始時候很熱心地要推薦我燙頭髮，說他們店裡的藥水都是從香港進來的，一點不傷頭髮，保持的時間也久。說著她拉拉自己的頭髮，說：「妳看我的，已經一個月了，彈性還這麼好。」可是我一點也不喜歡燙頭髮，不喜歡她那種爆炸式，據她說這還是「高子頭」流行完以後，剛剛時興起來的。那種放肆和豪邁的樣子，有種野雞腔。

我搖搖頭，說我不燙髮，只要剪髮。

她馬上拉下臉來，不跟我多說了。

洗頭的時候，我跟洗頭的阿姨商量，洗頭阿姨說，要時髦，就得找最靠窗子的一號師傅，上海的時髦小姑娘都排隊找他剪頭髮。香港流行什麼髮型，他一看就會剪，剪得和原來的一模一樣。

我說好的，我就是要找一個功夫好的師傅給我修頭髮。

「就是啊，頭髮又不是別樣東西，剪壞了，裝也裝不回去了。」洗頭阿姨附和著我說。

然後，洗頭阿姨把她的臉湊到我面前悄悄說，這個師傅是要小費的，剪一個頭，要十塊錢小費，可是質量保證。「到底一分錢一分貨。」她說。

我這才在心裡明白過來，洗頭阿姨原來和一號師傅是串通好了的，先把小費落實了，才肯剪。

洗頭阿姨見我不說話，就細細地幫我擦頭髮上的水，等著我權衡。

我看到一號師傅的椅子上眞地坐了一個高顴骨的白淨女人，看上去很時髦的樣子，可也不俗。瘦瘦高高的理髮師傅正在給她吹頭髮，手指尖尖地張著，用手掌小心地護著吹起一縷翻翹的地方，他那麼小心，好像它不是頭髮，而是豆腐花。

洗頭阿姨告訴我說，那個式樣叫「戴安娜」式，是英國王妃的髮式。「妳看那種頭髮洋氣嗎？全上海也就是我們這裡做得最像。那個女人每個星期要來吹一次的。」

我說：「唔。」

洗頭阿姨馬上揚聲大叫：「一號，客人要你剪頭髮。」

說完，她從我手裡拿去洗頭的竹籌嗎，把另外兩張寫著號碼的小紙片按在我手裡，告訴我裡面一張是剪髮用的，另一張是吹髮用的，都得交到一號師傅手裡。

「想剪什麼樣子的？」一號師傅把我在理髮椅子上安頓下來以後，從我頭上拿下毛巾來，一邊梳通我的頭髮，一邊在鏡子裡面望著我問。他是個懶洋洋的人，臉色黃喳喳的，眼睛卻很聰明，很懂得別人心事，又有點嘲諷的樣子。我一下子被他嚇住，不知道說什麼好。

可我不願意示弱，於是，就說：「聽說你做戴安娜式最好，就剪一個戴安娜式好了。」

他點點頭，看著我說：「不過，妳剪這種頭髮，看上去有點老氣。」

我的心裡咯登一下，可嘴裡已經衝出來：「就這種樣子吧，我喜歡這個式樣。」

他開始剪起來，可是我已經後悔了，爲什麼要跟理髮師傅鬥氣呢，他又不會有什麼壞心思，不過是爲了我好。我眼巴巴地望著鏡子裡的理髮師傅，我想，要是他看我，跟我說話，我就問他：「那你說什麼髮式看上去年輕一點。」就讓他給我換一種髮式。可是他很專心地剪著我的頭髮，把我的頭撥來撥去，不讓我動。可也根本不看我，也沒有和我說話的意思，不像他和那個高顴骨女人那樣有說有笑的。也許他看多了上海時髦漂亮的女人，要麼就是年輕的女孩子，就是我給他小費，他也不怎麼情願給我剪頭髮。

我突然想起來，在麗麗小的時候，第一個冬天，連著下了三個星期雨，麗麗的衣服和尿布都用完了。好像一到下雨天，麗麗就特別會尿濕，一上午就要用一臉盆的尿布。我學著從前高莊饅頭的樣子，拿鋁臉盆倒扣在煤氣上，開一個小火，把尿布和衣服放在鋁面盆上烘乾。廚房裡充滿了潮濕的肥皂味道和尿騷氣。那三個星期，我天天這樣烘，結果在晚上，魏松躺到我枕頭上來，奇怪地捧著我的頭猛嗅，還問：「妳用了什麼洗髮水，怎麼有這麼怪的味道？」

我的頭髮被剪短了以後，臉突然顯得大起來，我還沒有見到過自己有這麼張大臉，當我用力看自己的時候，我看到額頭上有抬頭紋了。我眞地老了，像中年婦女一樣，我也有一張呆板的、不高興的臉，那是我小時候最怕、最討厭的臉，我一直都以爲自己還早著呢，一直都想，不知道自己到了那一天可怎麼辦。可是沒有想到，這樣的一天好像已經來了。我從鏡子裡轉開眼睛，我一點也不想看這樣的臉。

頭髮很快就剪好，吹好了。我看到鏡子裡的自己，還是老，而且像那種死不甘心的女人那種老。有時候我也在馬路上見到這樣的女人，頂著一頭吹得像假的一樣的頭髮，臉被電吹風的熱氣吹得紅堂堂的，皮膚緊緊繃著。自己還以爲美得很。

我一出美髮廳的門，眼淚就下來了。洗頭阿姨說得一點也沒錯，頭髮剪掉了，裝也裝不回去了。

等到了電影院門口，上午場的人正散場出來，門口亂哄哄的，馬路上的車拚命撳喇叭。我在人群裡看到魏松正坐在電影院臺階的邊上，他把麗麗圈在面前，長腿長手的，他們兩個人嘴巴一動一動的，好像在唱歌。麗麗眞是個漂亮得惹眼的小孩子，大眼睛像巨蜂葡萄那樣圓。麗麗把魏松襯得像件舊衣服一樣，又髒，又鬆垮。今年我沒有給魏松買夏天的衣服，是想報復他對我裙子的忽視。我一直想，等到魏松意識到自己今年夏天穿的都是舊衣服，就會問我，然後我可以有話扔給他。可他根本沒提起過衣服的事，他就穿曬得褪了色，洗得沒有骨子的汗衫過夏天。我的男人怎麼就這樣提不起精神來呢！他就像一個眞正一生不如意的老男人一樣，身上有種默默忍住的絕望，心不在焉地陪著小孩唱兒歌。

我突然想到，也許魏松也和我一樣，在孩子、晚飯、髒衣服、舊桌子這樣的生活裡，喘不過氣來。麗麗小的時候，我常常對魏松嘮叨，也壓低了聲音咆哮，可是每一次，我都感到在我心裡，有另外一個小人，一個我，吃驚地聽著我說話，我發作，我指責。那個小小的我吃驚而不滿地說，妳怎麼會發出這種惡毒的聲音，完全是個悍婦。現在，那個小人突然又出來了，和我一起看著我的男人，她吃驚而憐惜地說，妳怎麼把自己的男人弄成這種樣子。我的眼淚嘩地湧上來。可我用自己的辦法處理眼淚，先睜大眼睛，把眼淚像眼藥水一樣包在眼眶裡，然後慢慢地眨眼睛，一點一點，就可以讓淚水重新倒流回去。我恨這樣的生活，我不願意自己變成一個悍婦，魏松變成一個潦倒的老男人，我一點也不願意。

半夜裡，我被輕微的哭聲驚醒。開始，我以爲是自己在夢裡哭，有時候，我是會在夢裡哭，把自己給哭醒了。我的心沉了沉，就是在夢裡，我都不能高興一點嗎，我想。可是，我又聽到微微的哭聲，不是我，那是麗麗。麗麗吐得身上到處都是，她正坐在毛巾被上，渾身滾燙的。

我爬起來，一邊把麗麗抱過來，一邊叫醒魏松。大概是因爲移動麗麗太猛了，麗麗在我的手裡又大吐特吐起來。

魏松在他那邊的沙發上一個翻身爬起來，愣著。也許他也以爲自己是在夢中吧。

「是眞的！」我對發愣的魏松叫喊。麗麗是個很少生病的小孩，我們倆都沒有什麼經驗，特別怕她這樣難受得直哭。魏松被我大吼一聲，好像眞正醒來，他急忙跳下地，跑到麗麗身邊，伸手想摸麗麗，可又怕她身上吐出來的髒東西，伸出兩個手指去探麗麗的額頭，嘴裡不停地問：「怎麼了？怎麼了？」

我對他喊：「不要站著看，找乾淨衣服來，再倒熱水。」

魏松中彈似地一怔，轉身不見了，可他拿來的，卻是麗麗已經穿不下的小衣服。我把他遞衣服的手往外一推，將麗麗送到他手上。我一邊脫掉自己被吐髒的衣服，草草套上一條裙子，一邊幫麗麗找來衣服，再到浴室去拿熱水和臉盆，裙子有點緊，蹲下去的時候得把裙襬拉起來，這次我顧不得是不是雅觀，我的孩子吐成那個樣子。

把麗麗弄乾淨以後，我和魏松抱孩子去了醫院。我怕麗麗高燒的時候被風吹了不好，特地用毛巾毯包著她。麗麗一定很不舒服，她已經不哭了，急促地喘著氣。半夜裡已經沒有了公共汽車，我和魏松輪流抱著麗麗往醫院去，我抱著麗麗的時候，魏松用一隻手托著我的胳膊，讓我可以輕鬆點，他一定緊張極了，不停地問麗麗：「好點沒？好點沒？」馬路上一個人也看不到，路燈照到的地方，又些藍色的霧氣在沉浮著。去醫院的路那麼長，我們走得那麼慢，我突然想起了魏松的自行車，我們還有自行車。

「你們等一等，我去拿。」魏松轉身就跑。

我抱著麗麗，在一家商店的臺階上坐了下來，我的衣服已經被汗濕透了。麗麗躺在我手臂上，粗粗地喘著氣，她看上去很不舒服，可她緊緊地靠著我。我忍不住說：「麗麗，我們馬上就到醫院了，醫生看一看，妳就舒服了。」

麗麗突然說：「爸爸不要我們了。」

我嚇了一跳：「瞎講。」

麗麗說：「那他怎麼走了，不跟我們在一起。」

我說：「爸爸去拿自行車來帶我們兩個人去，這樣快。」

麗麗不說話了。

遠遠地，我聽到有自行車在路上騎過的聲音，是魏松來了，他的自行車還是大學裡的那一輛，已經舊了，遇到不平的路，就嘩啦嘩啦地響。看到他高大駝背的身影，我鬆了一口氣，要是沒有魏松，我不知道怎麼把麗麗送到醫院去。

我們一頭撞進醫院的急診室，值班醫生看到麗麗的臉，馬上指責我們說：「把毛巾毯拿掉，把孩子抱到風口去吹，這樣高的體溫，還包著，你們想讓她抽筋啊。」

我們趕快把麗麗送到外面候診室的電風扇下，魏松抱著麗麗，我幫麗麗把衣扣解開來。麗麗身上像火一樣燙，一樣乾燥。這時一輛汽車在急診室門口尖叫著停下來，車裡面抱出一個孩子來，也是個小女孩，細細的辮子上還繫著一個紅色的蝴蝶結。也是爸爸抱著，媽媽提著一只包跟在後面跑。我們讓過他們，他們也一頭撞進急診室裡去。

我和魏松怕他們先找醫生看，會耽誤給麗麗看病，於是也跟了進去。只看到女孩子已經躺在檢查床上，醫生和護士圍著那孩子，可醫生很快就離開床，對護士說：「die。」這個詞我在護士學校的時候學過了。魏松在醫學院裡也學過了，我看看那個孩子，還戴著一隻蝴蝶結呢。魏松騰出手來，把我一拉，我們就抱著麗麗往外走。我這才發現自己兩條腿抖得厲害，要靠在魏松的身上，才行。

在我們身後，突然爆發出炸雷那樣的哭聲。我感到魏松的身體抖了一下，我從後面靠住魏松，像麗麗的牆一樣，我們兩個人把麗麗擋在了前面。

麗麗燒到了42度，醫生留她在觀察室裡補液，醫生說麗麗的燒有點原因不明，最好明天查一下。

觀察室裡飄蕩著來蘇爾的氣味，和從前的醫院一樣。我又聞到了來蘇爾裡面夾雜著的爛蘋果的氣味。麗麗在打針的時候哭了一下，現在安靜下來了。她有一點高興，因為我和魏松，一邊一個人，守著她，看著她睡覺。病房裡開著腳燈，麗麗的臉上，黑黑的眉毛，像魏松一樣濃。這地方的爛蘋果味道，是預示著誰要死了呢？我想著。

我看到魏松也默默地望著這裡，他大概也會想起來，他在醫院實習的時候吧，那時候他是班上唯一用英語在病人床前討論治療方案的尖子生，那是他最輝煌的日子吧。

觀察室外面種著幾棵高大的銀杏樹，它們一定有很多年了，把這一溜平房緊緊地蓋了起來。我坐在裡面，就像一隻坐在枯井裡的青蛙一樣。我想像不出來要是沙沙的孩子半夜裡生了這樣的病，他會怎麼樣。他會像魏松那樣，讓死去孩子父母的哭聲嚇得一抖嗎？我想像不出來，因爲我連沙沙怎麼洗臉都不知道，也不知道吐魯番的陰天是什麼樣子的。

魏松突然驚叫起來。他在麗麗身上發現了一大塊出血點。我一看那塊紅堂堂的血點子，頭轟地大了起來。我伸手壓住針下墊著的棉球，將麗麗的輸液針筒拔了出來。魏松趕快把麗麗扶起來，在她的背上，腹股溝上，大腿的內側，大塊大塊鮮紅的出血點，像花瓣一樣散在她滾燙的小身體上。

護士聽到動靜跑了過來。她一看到我們把輸液的針頭自己拔出來了，馬上就拉下臉來，把我和魏松像撥拉廢紙一樣，厭惡地撥拉到旁邊去，用她又尖又冷的聲音說：「膽子倒蠻大的，自己會拔針頭的，出了事我們不負責的。」然後她回過頭來，對我說，「你們是聾啞人哇，有事情不會叫醫生的啊？」

我伸手指著她的臉，用比她還要尖的聲音吼道：「我告訴妳，妳再不滾開，小心我刮妳耳光！」

魏松抱起麗麗進醫生的値班室。我卻停不住，一腳踢翻凳子，接著罵那個冷酷的護士，罵了什麼我也不怎麼記得。可我記得那個護士的厲害。她斜過眼睛來，輕蔑地掃了我一眼，看著我，然後，她才慢騰騰地說：「我不要和妳這種沒知識的潑婦說話，妳的小孩不在這裡了，搶救去了，請妳從這裡馬上滾出去，我要消毒。」她才是眞正厲害的人，懂得用一種平穩的尖利的聲音緩緩地割開對方最疼痛的地方，她看我一眼，就知道哪裡是我的痛處。旁邊床的孩子被嚇哭了，她的媽媽站起來幫著護士趕我出去，我只能渾身發著抖，離開觀察室。

麗麗的病情得不到確診，醫生看了半天，只說可能是出血熱，但她也不能確定。

麗麗被送到了危重的單人病房裡，因爲怕她傳染，那間病房裡也有髒髒的灰綠色的牆壁，也是朝北的。天已經亮了，我在窗上能看到從樓下的什麼地方一大團一大團地湧出白色的熱氣，我想，那應該就是消毒室的蒸汽鍋爐在放氣吧，像巫婆的大鍋。

魏松去觀察室結賬，一定也被侮辱過了，他回來的時候臉色青白，和我一樣氣得發抖。他對我低吼一聲：「求妳不要再添亂了！」

我們倆一人一邊，在麗麗身邊坐下。剛坐穩，病房護士推著治療車進來。這時我像驚弓之鳥一樣從凳子上彈起來，努力向那個面無表情的年輕護士送笑臉。

她什麼反應也沒有，給麗麗打了針，掛上了補液瓶，就走了。

我突然看到魏松蒼白的臉，他正又驚又怕地望著我臉上勉強的笑容，望著它們一點點從我臉上退下去。我們的眼光一接觸，就馬上躲開。

上午查房的醫生知道魏松在醫學院工作，就說：「你不妨自己想辦法請專家來看看，這種特殊的病例我們醫院很少見。」魏松匆匆拿了鑰匙就走。等他下了樓，我才想起來應該給他帶些錢，這次他得給人送禮吧，聽說現在醫生都收紅包的。可憐魏松，從來不好意思送禮的人，連把自己逼到在研究所裡無路可走的地步，都做不出這樣的事的人，他今天可怎麼過這一關！我追出去，魏松已經跟著電梯下樓了，我跑到防火樓梯那裡，拚命往下跑。終於在底樓的電梯口等到了魏松。我把自己的錢包塞到魏松手裡，抓著他的手臂說：「好放下你的身段了，該求誰，就求誰，這不是別的，是麗麗的一條命。」

魏松的眼睛縮小了一下，像突然看到了強光的貓一樣。但我不能心軟，我抓著他的手臂往外面走，再一次說：「麗麗的命就在你手裡。」夏天的太陽照耀著大地，外面的水泥地上白花花的一片。魏松一低頭，衝進太陽地裡。

麗麗發著高燒，昏睡。醫生來看了看，問魏松什麼時候可以搞定，要不然他們要將麗麗轉到他們的上級醫院，他們診斷不了。我不曉得魏松能做什麼，也不曉得自己能做什麼。我一坐下來，就聽到自己的心跳得要飛起來一樣，喘不過氣來。所以我就一直站著，麗麗她要什麼？要血嗎？我有血，全都可以給她。我想到了自己平時對照顧麗麗心裡的怨恨，我眞後悔自己心裡這麼想過，她那麼小，全憑自己的父母照顧才能活著。我想起來，麗麗睡覺前，要是看到我的臉板著，就要求講一個短點的故事。要不就把我的手放到她的枕頭下面壓著，讓我在她身邊留得長一點。我想得心裡火燒火燎。

中午時候，魏松回來了，像一條曬乾的魚一樣繃著身體，嘴唇上的皮都皺在一起。

他說，醫學院的教授說，麗麗的情況聽上去像是一種接觸感染的出血熱。但是只能把麗麗轉到醫學院系統附屬的醫院，醫學院的教授才可能過來會診。

我說：「快轉院啊，還等什麼？」

魏松說：「已經打電話到醫院去問過了，沒有床位。」

我說：「你去開後門啊，是你們醫學院的醫院。」

魏松說：「我沒有醫院的熟人。」說著，他看了我一眼，放輕了聲音，「只有去找她幫忙。」

我沒聽明白：「誰？」

他低下頭，努力往下嚥了嚥，那是魏松感到自己被逼到走投無路的時候，就會做的動作。

我突然明白過來「她」是誰。

她是魏松的校友，魏松畢業後，他的導師就收她當了研究生。她的同學分配在附屬醫院裡當住院醫生。魏松已經去找她了，她已經去醫院疏通關係了。魏松就回到病房裡來了。魏松說：「我就再說一聲，這是爲了麗麗。」

「爲了麗麗，我什麼都能做。」我對他發狠說。白色病床上的麗麗，頭髮變得很黑很黑，臉卻變得很白很白，我聞到了她床上的爛蘋果氣味。我不敢聞她的爛蘋果氣味，也不願轉過頭去，我說：「要是麗麗救不了，我也不能活了。」

魏松把臉避向窗外，什麼也不說。

黃昏時候，一個高個子的漂亮女孩子突然闖進來，她就是魏松的「小姑娘」。她說病房同意收了，可還是要經過住院部的安排。她的同學和住院部的人不熟，大概得在辦手續的時候送禮。

魏松一下一下地嚅著什麼，就是說不出「我去」這兩個字。他看看我，看看麗麗，又看看把臉跑得通紅的「她」，幾乎要哭出來了。房間裡突然就靜了下來。

我說：「我去。」我在心裡說，殺頭不過碗大的疤。魏松不敢在她面前做的事，我敢在她面前做，只要麗麗能住進去。

我感到這時，魏松和她，都鬆了一口氣。當然，她也不希望看到魏松做這樣的事情，我明白，就像我不希望看到英文老師鞋子上的肥皀漬一樣。

我和她沉默地相跟著來到醫院裡。遠遠地看到住院部的大門了，那裡永遠擠著想要把親人送進醫院的焦急的人們，個個滿臉晦氣。

我突然慌張起來，我問：「我怎麼送錢呢？」我從來沒有做過這樣的事。

女孩把一個繡著漂亮十字花的錢包拿出來，那是我的錢包，我給魏松的。原來魏松給了她。她從裡面數出五張十圓的紙幣來，我認出來，那還是我在美髮廳的找頭。她說：「聽說，把錢疊得很小，放在手掌裡，去拉他手，然後就把錢送到他的手裡了。什麼也不要說，他知道就行了，然後他就會打電話通知病房收人，然後給妳開住院單。」她把我的錢包放回到她的口袋裡，然後把五張十圓錢疊小，「這樣大概差不多吧。」她把它們送到我手裡。

她的同學穿著白大褂，在等我們。他帶來了病房開出來給麗麗的住院聯繫單，就等住院部在上面敲章。

魏松的女孩猶豫了一下，拍拍我的手臂。

我緊緊握著疊得硬硬的錢，和住院單子，我們一起走到那扇門裡。櫃檯前面擠了好多人，都搶著給裡面那個白臉的男人說話，都用力把自己手裡的單子伸到離他最近的地方，都想要拉到他的手。他卻厭煩地向他們慢騰騰地說：「幹什麼啦，幹什麼這麼野蠻啦，我怕死你們了。」他有一張輕蔑所有人的臉，是我最不喜歡的那種臉。

我不得不朝他笑，可他根本不笑，滿臉討厭地、奇怪地看著我，我還得笑，我太努力了，我笑出了聲。那笑聲，是我聽到過的最虛偽的、最諂媚的笑聲。我聽著它，心裡直打哆嗦。

在他接過單子去的時候，魏松的女孩在後面捅捅我的背，我於是伸手去拉他的手，他的手又濕又涼，像一條死魚。我還是得拉住他，把自己的手掌貼上去，將準備好的錢塞到他的手裡。他的手掌軟軟的，又濕，我覺得自己馬上就要吐了，所以馬上鬆開手，可他還沒來得及接，那一小疊錢就掉了下來。

他看看落在櫃檯上的錢，突然大聲喝道：「妳這是幹什麼？」所有的人都看著我。

他的臉上輕蔑而生氣地似笑非笑，開始教訓我：「這是什麼意思？這不是讓我犯錯誤嗎？我從來秉公辦事，想也沒有想到過妳這種歪門邪道。」

女孩和她的同學在我身後拉著圓場，他們說我的著急，還有我的不應該。我什麼話也說不出來，站在那裡，不動也不敢動。那麼大的羞恥，就像頂在我頭上的雪塊一樣，一動，就會嘩嘩地掉下來，把我埋了。

她的同學的白大褂還是幫了忙。白臉男人把我們晾在一邊半天，最後，還是過來給我開了麗麗的住院通知單，那是一張油印的小紙片。他在上面很慢地寫著，慢得我的胃都疼起來了。

那個女孩子為我收起疊過的錢，把錢交回到我的手裡。

麗麗很快轉了醫院，住進了病房。魏松的女孩陪著醫學院的教授來會診，原來那是她的教授。麗麗的病得到了確診，是一種在有牛羊的地方可能傳染的出血熱。確診以後，很快就控制了高燒。

魏松的嘴唇上起了一排亮晶晶的大疱，他疲憊不堪地靠在麗麗床前，麗麗精神好了一點，大眼睛滴溜溜地轉，而魏松倒憔悴得像剛剛高燒過的病人。魏松看到麗麗的眼睛轉過來，還努力對麗麗笑，可他不敢咧大嘴，怕拉痛嘴上的疱，所以他的整個臉都是扭歪的。對麗麗說：「明天妳的燒就退了，妳就會一點也不難過了，爸爸媽媽就來接妳回家，我們就三個人再一起去看動感電影。」

我在麗麗床邊坐下，拉住麗麗的手，她的手小得那麼可憐。我親親我的孩子，說：「媽媽給妳擦擦乾淨，乾乾淨淨的，人就舒服了。」

我讓魏松先回家去休息。

魏松說：「妳先回家去，我再陪陪麗麗。」

我知道魏松是不好意思先走，我說：「你就走吧。」

魏松看看我，站起來，把我的十字花錢包還給我，吩咐我早點回來休息，就先走了。

我打來了清水，幫麗麗把身上擦乾淨，她身上的出血點已經不像桃花那麼鮮豔了。我輕輕地幫她擦乾淨，連小腳趾的縫縫都沒有放過。到底是孩子，本身就乾淨，很快，麗麗身上的爛蘋果氣味終於消失了，換好了乾淨衣服以後，她就像一片新長出來的樹葉一樣香。我把臉湊到她的身體上聞著，無論如何，我的孩子是乾淨的。
麗麗伸過手來，說：「媽媽抱抱。」
我說：「媽媽身上髒。媽媽摸摸妳吧。」
我用洗乾淨的手摸著麗麗的後背，像動物園裡大猴子摸小猴子一樣，麗麗最喜歡這樣了。
我摸著麗麗，現在她還是那麼小、那麼香的小女孩啊，像一粒最新鮮的芝麻。以後她長大了會怎麼樣呢？
等麗麗睡著以後，我回到自己的家。晚上，我家的房子裡到處都是蚊香的氣味。我家的房間裡突然變得又大又暗，然後我意識到，魏松把我從吐魯番帶回來的地毯拿開了。我們家只有一件東西可以讓麗麗得出血熱，就是這張用生羊毛織的地毯。
魏松見我回來，說：「熱水瓶裡有熱水，我已經放到浴室裡去了。妳先洗澡吧。」

一九九三年八月第一稿
二〇〇一年十二月第二稿

文·學·叢·書

劃撥帳號：19000691　成陽出版股份有限公司　掛號另加20元
本書目所列定價如與版權頁有異，以各書版權頁定價為準

1.	吹薩克斯風的革命者	楊　照著	260元
2.	魔術時刻	蘇偉貞著	220元
3.	尋找上海	王安憶著	220元
4.	蟬	林懷民著	220元
5.	鳥人一族	張國立著	200元
6.	蘑菇七種	張　煒著	240元
7.	鞍與筆的影子	張承志著	280元
8.	悠悠家園	韓·黃皙暎著／陳寧寧譯	450元
9.	想我眷村的兄弟們	朱天心著	220元
10.	古都	朱天心著	240元
11.	藤纏樹	藍博洲著	460元
12.	龔鵬程四十自述	龔鵬程著	300元
13.	魚和牠的自行車	陳丹燕著	220元
14.	椿哥	平　路著	150元
15.	何日君再來	平　路著	240元
16.	唐諾推理小說導讀選 I	唐　諾著	240元
17.	唐諾推理小說導讀選 II	唐　諾著	260元

魚和牠的自行車

作者　陳丹燕
發行人　張書銘
社長　初安民

責任編輯　高慧瑩
校對　辜輝龍、高慧瑩
出版　INK印刻出版有限公司
台北縣中和市中正路800號13樓之3
電話：02-22281626
傳真：02-22281598
e-mail：ink.book@msa.hinet.net
法律顧問　現代法律事務所
郭惠吉律師　林春金律師

總經銷　成陽出版股份有限公司
訂購電話：02-26688242
訂購傳真：02-26688743
郵政劃撥　19000691　成陽出版股份有限公司
印刷　海王印刷事業股份有限公司

出版日期　2002年7月　初版一刷
2002年7月　初版二刷
定價　220元
ISBN 986-80425-5-0

國家圖書館出版品預行編目資料

魚和牠的自行車／陳丹燕作. --初版，--臺北縣
中和市 ：INK印刻， 2002〔民91〕
面 ；　公分（文學叢書：13）

ISBN 986-80425-5-0(平裝)

857.7　　　　91011057